L'étau

MICHEL HARVEY

L'étau

À André et Carole
chers voisins et complices
De mes hauts et de
mes bas.
Merci de votre
grande confiance

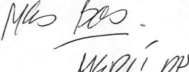

Éditions pour tous

Catalogage avant publication de la Bibliothèque nationale du Canada

Harvey, Michel, 1965-

   L'étau

   (Collection Anticipation pour tous)

   ISBN 2-922086-28-3

   I. Titre. II. Collection.

PS8565.A678E82 2003   C843'.6   C2003-940886-8
PS9565.A678E82 2003
PQ3919.3.H37E82 2003

Illustration de la couverture : *Nicolas Boisvert*

Photo de l'auteur : *Robert Côté*

Dépôt légal
Bibliothèque nationale du Canada
Bibliothèque nationale du Québec
 Éditions pour tous
 Michel Harvey
2ᵉ trimestre de 2003
Tous droits réservés

ÉDITIONS POUR TOUS
L'éditeur de vos rêves
2860, croissant de la Marquise
Brossard (Québec) CANADA
J4Y 1P4 — (450) 676-8770
eptous@videotron.ca — Sans frais : 1-866-676-8770
Diffusion au Québec : Québec-Livres
Europe : Librairie du Québec à Paris

Pour Manon
Ab imo pectore...

*Le devoir d'un roman
est d'enseigner tout en divertissant,
et ce qu'il enseigne c'est reconnaître
les embûches du monde.*

Umberto Eco, L'île du jour d'avant.

Première partie
Le serre-tête

I

— Dépêche-toi Henry, tu vas être encore en retard! C'est un matin comme tous les autres de la semaine. Comme à l'habitude, Virna, ma femme, me somme de me grouiller, me montrant de l'index le pendule au salon. J'embrasse avec empressement les enfants, mallette et journal sous le bras, en tentant de me libérer de Bartok, le dernier de la famille, un saint-bernard de 60 kilos, qui demande lui aussi sa part d'affection.

Le matin, c'est toujours la même chose, comme un de ces rituels. J'ai beau me lever environ une heure et demie avant le départ pour l'arrêt d'autobus, ça ne sert à rien, je suis toujours en retard. Les matins de la semaine, je suis excessivement long à démarrer. Inutile d'insister, j'ai les mains pleines de pouces, les deux pieds dans la même bottine. Généralement après une longue douche et la moitié d'un pot de café, que j'absorbe lentement en fixant le téléviseur, j'ai l'impression d'avoir toute la vie devant moi. Pourtant, le temps passe, et même si je sais très bien que quelques instants plus tard, ce sera la folie, comme toujours. Je ne comprends pas vraiment cette manie chez moi. Peut être est-ce le manque de défis dans ma vie?

Parce qu'en fait, question stabilité, je ne pourrais espérer mieux. J'ai un bon job, fonctionnaire d'état, où je travaille depuis près de 30 ans, une femme que j'aime bien et avec laquelle il fait bon vivre; deux bons enfants en santé, Karl et Elena, qui malgré leur âge, respectivement 13 et 14 ans, ne me font pas encore la vie dure; sans oublier un gros chien, qui me considère probablement meilleur que je ne le suis en réalité. Enfin, je n'ai pas de problème d'alcool, pas de maîtresse pour venir compliquer les choses et je ne fume pas, bref, tout va pour le mieux dans le meilleur des mondes. En sortant rapidement de la ruelle, j'arrive au moment où l'autobus s'apprête à repartir. Le chauffeur, un chic type, me reconnaît et sait que je suis toujours juste. Me faufilant entre les gens, je me retrouve, une fois de plus, planté debout près de la porte arrière. C'est une constance : aucun siège n'est disponible. Aujourd'hui, c'est jour d'élections nationales et je devrais terminer plus tôt pour aller voter. Je n'ai pas vraiment suivi la campagne. Certes, je jette un coup d'œil aux journaux, comme tout le monde, et de temps à autre, je m'endors devant le bulletin de nouvelles à la télé. Pour dire vrai, la politique, ça m'intéresse peu. Je laisse ça aux autres. Pour ce que ça peut changer : promesse de baisser les taxes, de réparer les routes et de trouver du boulot aux gosses... Un parti ou un autre, c'est traditionnellement du pareil au même.

Depuis quelque temps, on peut remarquer une certaine frénésie dans l'air. C'est un jour d'élections qui me semble différent des autres. Les rues de la métropole, comme c'est généralement le cas en période de campagne, sont tapissées d'affiches de partis politiques de toutes sortes. Cependant, certaines affiches se démarquent plus que les autres et attirent une plus grande sympathie. L'événement de cette campagne est sans doute l'ascension fulgurante d'un nouveau parti politique, le Parti patriotique populaire (PPP), et son chef, un certain Richard Harden, fait un malheur auprès de l'opinion publique. Aux pieds de ses affiches, dans certains quartiers, on peut même y voir déposées des gerbes de fleurs.

Aux dernières élections, le PPP avait amassé un maigre dix pour cent des sièges au Congrès. Or, depuis ces dernières années, l'organisation a pris une place plus importante sur la scène politique, particulièrement son chef Harden, qui semble être l'homme de la situation. Grand, charismatique et sûr de lui, il lance à gauche et à droite des slogans très populaires comme « La politique et l'économie en fonction du peuple! » et « Abusons, dans l'intérêt du peuple car il est grand temps que ça change! » En tous les cas, les journaux et la télévision parlent de lui sans arrêt, rappelant ses origines modestes et surtout sa force de conviction. Le journal de ce matin prévoit d'ailleurs que le prochain gouvernement sera composé du PPP.

Évidemment, il sera difficile de déloger le parti actuellement en place, le Parti de la République, un parti aux idées conservatrices. Ce dernier, au pouvoir depuis une quinzaine d'années — sans toutefois m'y connaître beaucoup — ne semble pas faire grand chose pour améliorer l'économie du pays. Car les choses ne vont pas bien depuis une dizaine d'années. Le pays a de la difficulté à se sortir de la dernière crise économique. Récemment, une de nos voisines, dont le mari est mort dans un accident de voiture, racontait qu'elle tirait de la patte et avait peine à nourrir ses trois enfants. Elle racontait à ma femme Virna que si les choses continuaient ainsi, elle devrait s'en aller dans un autre quartier beaucoup moins cossu. Heureusement, moi je travaille, et Virna aussi. Son emploi, moins stable que le mien, génère toutefois un surplus fort appréciable. Même si elle venait à perdre cet emploi, mon revenu resterait encore suffisant pour la faire vivre, elle et les enfants.

— Pardon Madame!

Décidément, dans le bus, il faut faire preuve d'athlétisme pour ne pas écraser le pied de quelqu'un ou bien de tomber assis sur quelqu'un d'autre.

Certes, l'arrivée d'un nouveau parti m'apparaît fort à propos. Les choses devraient changer d'ici peu, c'est d'ailleurs pourquoi je pense voter pour le PPP. L'autre parti en course est le Parti démocratique, un parti qui se dit davantage libéral et que je confonds facilement avec le Parti de la République. Enfin, il y a aussi les communistes, les anarchistes, tous des faiseurs de troubles, dit-on.

Le journal nous met régulièrement en garde contre ces « suppôts de Satan », ces « tueurs de la démocratie et des libertés économiques ». Les feuilletons radio ne leur font pas non plus de quartier. George Priest, un chroniqueur fort écouté les après-midis, — chroniqueur que je n'écoute pas parce que je suis au boulot — a demandé que l'on raye les communistes de la liste des partis représentés aux prochaines élections. Priest, comme plusieurs, croit que le PPP est le parti de l'heure. Pas d'inquiétude outre mesure, les communistes n'ont aucune possibilité de gagner plus de cinq pour cent de la faveur populaire.

L'autobus s'arrête au terminus, à la station de métro. En me dirigeant vers le train, je rencontre Fred Fallow, un collègue de bureau. Fallow travaille dans le même département que le mien. Comme beaucoup de gens que je connais, c'est un mordu du football.

— T'as vu le match hier, Henry? s'empresse-t-il de me lancer dès qu'il m'aperçoit. Les Patriotes ont complètement écrasé les Walkyries. Plus que quelques parties avant la finale.

— Bien sûr, lui dis-je, me rappelant très bien que je suis tombé endormi au tout début de la seconde demie.

— Ah ces Patriotes! poursuit-il derechef, quel club de gagnants! J'ai toujours dit que c'est avec une bonne équipe de foot que l'on fait un bon pays.

Véritable fanatique du football, Fallow est un grand gaillard, costaud, au regard vif et au grand nez aquilin. Il a fait partie, le rappelle-t-il constamment, de l'équipe de football de son campus. Je crois qu'il ne connaît aucun autre sujet de conversation. Sauf peut-être la comptabilité, un sujet qui n'attire généralement pas les foules.

D'ailleurs, dans ce pays, il est presque impensable de trouver quelqu'un qui n'a pas d'opinion sur le foot. Tout le monde connaît son équipe locale, encore plus l'équipe nationale. Dans le bus, on trouvera toujours quelqu'un ayant quelque chose à dire sur le sujet.

— Le football, disait un type l'autre jour, a remplacé la guerre en Occident. Plus personne ne se bat sur le continent, sauf sur un terrain de foot.

De fait, la dernière coupe du monde a encore fait couler beaucoup d'encre, éveillant ainsi les ardeurs patriotiques. C'est récurrent, les gens se tapent constamment dessus, arrachant littéralement les bancs des estrades. Ça devient une véritable maladie. Quant aux élections nationales, je crois que Fallow est plutôt de mon avis : la politique, c'est l'affaire des autres. D'autant plus que par ici, il est fort plus lucratif de devenir un joueur de foot que de devenir ministre. C'est tout de même quelqu'un de bien ce Fallow, une personne charitable et sans une graine de malice. Un type qui garde la forme et qui s'occupe du football pour les jeunes de son quartier. Le genre à faire rêver les belles-mères!

— T'ai-je déjà raconté la fois où nous avons gagné le championnat en fusillade?

Alors qu'il se préparait à me faire son petit laïus pour la énième fois, les portes du train s'ouvrent et j'en profite pour sortir rapidement. Le bureau, qui se trouve seulement à quelques mètres de marche, me permet de bénéficier de la cohue matinale pour changer de sujet, sans trop paraître, évitant, cette fois-ci, l'apothéose du grand Fallow.

Au bureau aussi, il y a une certaine agitation, en tous les cas, plus qu'à l'habitude. De façon générale, dans ces grands bureaux de la fonction publique, ça bouge peu, à part peut-être le grand Fallow. Encore faut-il que les Patriotes aient gagné la veille. Mes collègues de travail sont ainsi pour la plupart presque aussi taciturnes que moi.

Robert O'Weary, installé au bureau tout près du mien, est sans doute le plus discret et effacé d'entre nous. Quelquefois, il m'arrive même de lever la tête pour voir s'il respire toujours. Les jours où il n'entre pas, ce qui n'arrive que très rarement, personne ne s'en aperçoit, à part peut-être moi, son voisin immédiat. Grand, maigre, aux cheveux ébouriffés et au dos courbé, O'Weary, avec ses lunettes extrêmement épaisses, semble porter en permanence le monde sur ses maigres épaules. Toujours un livre en main, il passe, paraît-il, ses weekends à la bibliothèque municipale. Célibataire notoire, il vit avec sa mère dans un petit logement tout près du bureau. Minutieux, consciencieux et peu enclin à la conversation, il est sans contredit la personne parfaite pour faire le boulot qu'on lui demande. Un peu plus loin de moi, il y a aussi Brenda Faithful, ou plutôt la charmante Brenda Faithful. Grande blonde aux yeux bleus perçants, Brenda, avec ses petits tailleurs deux pièces, est toujours tirée quatre épingles. C'est le rêve de la plupart des gars du bureau, qu'elle ne considère pas assez bien pour elle. Si elle semble toujours avoir quelqu'un de nouveau dans sa vie, ses terrains de prédilection sont davantage les hôpitaux et le palais de justice de la ville. Or, si Fallow est un véritable passionné du football, on peut dire que Brenda, elle, est entièrement dévouée aux téléromans. D'ailleurs, à l'entendre parler, sa vie en est un.

— Ce week-end, je suis sortie avec l'avocat dont je vous ai déjà parlé, lance-t-elle au groupe de filles autour d'elle. Beau loft, belle voiture, il habite sur l'avenue Redgrave, dans le quartier de Petersborough. Son appartement donne une vue splendide sur la ville. C'est un membre de la direction du Parti patriotique populaire, poursuit-t-elle avec un certain snobisme, et il croit que ce soir ce sera le champagne! Je dois d'ailleurs le rejoindre au local du parti pour savourer sa victoire.

Brenda n'est pas vraiment politisée, en tous les cas, elle ne le laisse pas paraître au bureau. Toutefois, elle le sera sans aucun doute, si elle y voit un quelconque avantage. Sacrée Brenda, toujours en train de s'attirer les regards envieux.

Les choses ne changent pas non plus à la cafétéria. Les repas sont toujours aussi indigestes mais je garde mes petites habitudes. Les lundis et jeudis, je n'apporte pas mon lunch, pour faire différent. C'est comme ça depuis des années. Oscar Windthorn est toujours à la porte d'entrée, distribuant ces interminables tracts et journaux socialistes. Petit, trapu et très énergique, Windthorn est une personne très politisée. Ancien élève d'une des plus prestigieuses universités au pays, Windthorn m'a dit un jour avoir été déçu d'apprendre que

« l'université n'est pas un lieu où on cherche la connaissance de façon objective, mais plutôt l'endroit où l'on forme les technocrates et les lèche-bottes du système. » Avant d'occuper un poste au ministère, pour devenir délégué syndical, il a fait trente-six métiers.

Toujours l'air tendu et agité — pas difficile ici car tout le monde, en dehors de lui, fait sa petite affaire — il donne l'impression, particulièrement aujourd'hui, de l'être davantage.

— Baxter! m'apostrophe-t-il avec énergie, n'oubliez pas d'aller voter ce soir!

Je lui envoie la main en signe affirmatif et gagne paisiblement la ligne d'attente, tel un animal attendant à l'abattoir. Quittant spontanément la porte d'entrée de la cafétéria, Windthorn s'approche et me dit :

— Nous frôlons la catastrophe, les gens en sont dramatiquement inconscients. Harden et son parti gagnent du terrain. Cette bande d'arrivistes ne m'inspire pas confiance.

Pas étonnant, pensais-je en moi-même, puisque le PPP s'est ouvertement prononcé anticommuniste.

— Le Parti du peuple, poursuit-il, est un parti réactionnaire qu'il faut absolument court-circuiter. Sa prise de pouvoir n'entraînera que violence et chaos. Et dans un discours sulfurique, il dépeint un portrait macabre de Harden :

— Cet opportuniste, entouré de sa garde personnelle, intimide et brutalise les dirigeants des autres partis politiques. Ses membres, de véritables paramilitaires, entretiennent un climat politique de terreur. Lorsque le Parti patriotique populaire prépare une rencontre, on a toujours droit à une certaine dose de violence. Windthorn est le genre de personnes qui voit des complots partout.

— Le système économique et politique dans lequel nous vivons, a-t-il déjà dit dans une de nos fêtes de bureau, n'est pas très loin du capitalisme sauvage, système d'exploitation systématique de l'homme par l'homme. Regardez autour de vous! Le fossé s'élargit entre les riches et les pauvres! De plus en plus de gens ont du mal à joindre les deux bouts, alors que le nombre de sans-abris ne cesse d'augmenter. Et que font nos élus? Ils prennent un cocktail, paisiblement, dans de grands hôtels avec les chefs de grandes entreprises.

Il faut dire que depuis la dernière crise, le pays a beaucoup du mal à se relever, comme s'il portait dorénavant une charge trop lourde et qu'il était incapable de s'en défaire. Chose certaine, la crise a laissé de profondes cicatrices dans le cœur des gens et surtout, une piètre image – déjà que celle-ci n'était pas très luisante – des politiciens. Le taux de vote dans notre pays frôle généralement les 30%. Les gens ne votent pas, convaincus que c'est toujours du pareil au même. D'ailleurs, notre système économique a mis en place un appareil judiciaire fort efficace qui fait en sorte que les choses vont et fonctionnent d'elles-mêmes. Alors, voter pour un parti ou pour un autre, à quoi bon?

Ainsi, depuis la dernière crise, la structure économique de notre pays est fortement ébranlée. Les taux d'intérêts toujours à la hausse, tel un thermomètre lors de la canicule de juillet, et ce, même si l'inflation demeure galopante. Plusieurs entrepreneurs et particuliers se sont retrouvés sur le pavé. De plus, une série de scandales politiques mais surtout économiques, notamment, la perte d'un montant de un milliard de dollars, littéralement volatilisé, argent que les responsables du gouvernement ont été incapables de justifier, ont contribué à augmenter grandement les tensions. Après une petite marche pour passer le temps et le repas, je retourne au travail. J'essaie, lorsqu'il fait beau, et lorsque le travail me le permet, de faire une marche durant l'heure du dîner. Souvent d'ailleurs, je mange à mon bureau, dans le but de faire avancer le travail. À mon retour, je retrouve un communiqué provenant du syndicat des employés :

« Très chers Membres,
Aujourd'hui c'est jour d'élections, jour fort important pour l'avenir de notre pays. Malgré le fait que nous soyons en désaccord avec la politique sociale et économique du présent

gouvernement, nous implorons nos membres de bien réfléchir avant de fixer leur choix. En effet, nous émettons certaines réserves quant aux nouveaux partis politiques. À cet effet, le Parti patriotique populaire est un parti jeune qui n'a pas encore fait ses preuves. Il faut se méfier des discours enflammés de son chef, Richard Harden, car ils semblent cacher de sombres desseins. L'instabilité économique actuelle impose un choix politique traditionnel. Rappelez-vous que l'instabilité politique demeure une voie dangereuse pour les libertés individuelles et pour la sauvegarde de la démocratie. Dans le contexte économique actuel, nous vous prions donc, très chers membres, d'opter pour une valeur sûre. Depuis bientôt trois siècles, il y a dans notre système politique deux véritables partis : les conservateurs et les libéraux.

Optons donc tous ensemble pour la tradition.

Syndicalement vôtre, Joe Bending »

De mémoire, c'est la première fois que le syndicat s'immisce de façon aussi directe dans le choix politique de ses membres. Il y a décidément quelque chose de nouveau à la veille de cette élection, quelque chose de différent. Ma foi, serions-nous, comme le prétend Windthorn, à la veille d'un grand bouleversement? Difficile à croire, car il ne se passe jamais rien dans ce pays. Il n'y a jamais eu, et depuis des siècles, aucun autre parti au pouvoir que les libéraux ou les conservateurs. L'arrivée d'un nouveau parti ne peut pas apporter de changements aussi grands. D'ailleurs, les problèmes politiques, ce n'est pas pour nous, ça se passe ailleurs, dans les pays en voie de développement. Ici, nous vivons dans une véritable démocratie, dans une société de droits! Au fait, même les animaux ont des droits! Non, ce n'est pas pour nous, ça se passe ailleurs, dans les pays où les gens ne sont pas civilisés.

II

Trois heures moins le quart, je quitte, comme prévu, le bureau plus tôt qu'à l'habitude. Il fait encore très beau. Fallow m'accroche par le bras, alors que je franchis la porte de sortie de l'immeuble, pour m'accompagner jusqu'à la gare.

— Bonne chose de finir plus tôt, me dit-il en agitant sa mallette comme s'il terminait le jeu d'un gardien de but. Je vais en profiter pour faire pratiquer les enfants. Demain, nous avons un match drôlement important, nous affrontons la meilleure équipe de la division.

— Tu ne vas pas voter? lui dis-je à tout hasard.

— Voter? Je n'ai pas vraiment le temps tu sais, me dit-il, comme pour se justifier, je dois rentrer rapidement pour préparer l'équipement en vue de la pratique de ce soir. Comme les enfants sont rentrés plus tôt, ça me permettra d'allonger l'entraînement. Et puis il y a ma femme qui doit nous rejoindre avec les sandwichs...

C'est coutume ici de ne pas aller voter. De façon générale, les gens de ce pays ne votent pas. Évidemment, Fallow, pour qui il n'y a rien d'autre au monde que le football, — surtout lorsqu'il s'agit de celui de ses enfants — n'est pas vraiment un bon exemple. En fait, chez les Fallow, tout le monde joue au foot, les garçons comme les filles.

— C'est la meilleure façon d'acquérir de la discipline, me répète-t-il presque systématiquement à chaque jour.

Selon lui, le football forme de bons citoyens, fidèles et dévoués à la patrie. Et dans ce pays, le football c'est primordial, comme un leitmotiv. En fait, je crois que le plus gros drame national c'est que les *Patriotes* n'accèdent pas à la coupe du monde. Non, les gens ne votent pas dans ce pays. Entre le train-train quotidien et le travail, les gens ne trouvent pas le temps de s'intéresser à la politique. D'ailleurs, à lire les journaux, on constate rapidement que c'est toujours les mêmes histoires qui reviennent : un tel accuse un autre d'accepter des pots-de-vin, un autre considère gravement que le gouvernement ne prend pas la question du travail des jeunes au sérieux et patati et patata. Les gens d'ici en ont vraiment marre de la politique et surtout des politiciens. Enfin, hier soir, alors que je m'endormais sur le feuilleton d'informations de fin de soirée, j'ai constaté, dans un demi-sommeil, le rapport d'une étude qui démontrait que le taux de participation à une élection au pays est en moyenne de 36%. Mon opinion sur la politique ressemble donc à celle de la majorité de la population.

J'aime prendre l'autobus pour le retour à la maison. Je trouve toujours une place pour m'asseoir. C'est un des moments que je préfère dans la journée. Le soleil est moins fort, la luminosité est splendide et les gens moins nerveux sur la route. À vrai dire, c'est un moment de détente avant d'arriver à la maison et de me faire casser les oreilles par la musique exécrable des enfants. C'est un moment où je peux absolument ne rien faire, seulement regarder, observer les gens qui montent et descendent du bus. Les visages sont, la plupart du temps, familiers. C'est quand même rassurant de revoir toujours les mêmes visages, les mêmes regards. Décidément, c'est un des moments de la journée que je préfère.

Comme prévu, je vais voter pour le candidat du PPP. Le type qui se présente dans mon comté est un voisin de longue date, ses enfants vont au même collège que les miens. Une valeur sûre quoi. Comptable comme moi, John Wilbelieve travaille cependant pour une firme privée. C'est un véritable gueulard. Dans le quartier, il s'investit depuis longtemps, que ce soit localement, régionalement ou nationalement. Il est passé chez moi, encore la semaine dernière, pour me rappeler son implication dans le comté.

— Vous savez, Monsieur Baxter, me disait-il dans son complet marine, il faut que ça change! Depuis quinze ans, je me bats pour que le quartier soit sécuritaire. Les gens, ils conduisent trop rapidement dans le coin, il faut protéger nos enfants! D'ailleurs, si je suis élu, clamait-il en se bombant le torse, je promets de voir à ce que la limite de vitesse permise baisse et à ce que l'on mette sur pieds des moyens efficaces pour punir les coupables afin de décourager ceux et celles qui tenteraient de ne pas respecter la signalisation.

Grand bonhomme, chauve, d'une physionomie imposante mais plutôt sympathique, Wilbelieve, sûr de lui, ne laisse généralement rien passer.

— Les problèmes dans le quartier, ajoutait-t-il avec conviction, je les connais! Rappelez-vous, le problème avec le crottin de chien!

Comment pourrais-je l'oublier? Une véritable croisade! Un voisin avait deux setters anglais qu'il faisait paître un peu partout sur la rue. Pour ma part, je ne faisais pas de vagues. Lorsque ses chiens se soulageaient sur ma pelouse, je ramassais. De toute façon, j'ai moi aussi un chien avec lequel je fais une marche quotidienne. Certes, je traîne toujours des sacs pour ramasser ses excréments, il faut tout de même respecter l'environnement. Wilbelieve, lui, était hystérique. Il a fait signer une énorme pétition et est allé jusqu'au député pour régler le problème. Depuis ce temps, il y a une réglementation sévère concernant les chiens dans la ville. Ce Wilbelieve, c'est le genre de gars qui se mêle de tout, en fait, il se mêle pour les autres qui, de façon générale, font tranquillement leur petite affaire.

Je me demande toujours où il trouve le temps. Moi, après le boulot, je suis claqué! En fait, ça me prend toute l'énergie qu'il me reste pour aller marcher avec le chien. D'ailleurs, je me demandais récemment pourquoi je me couche si tard, la réponse est simple : je dors généralement toute la soirée, jusqu'à ce que Virna me réveille pour Bartok. Quant aux week-ends, de façon générale, c'est la folie : les courses, le football des gosses, l'entretien de la maison, sans oublier le traditionnel souper du dimanche chez ma belle-mère. La maison, il faut s'en occuper, remplacer ce qui est désuet, réparer ce qui est brisé. C'est un placement pour l'avenir, c'est ce qui va me garantir une partie de ma retraite. D'autant plus que je veux absolument ne rien foutre quand j'aurai fini mes années de service au ministère.

Le bureau de vote est installé à deux pâtés de maison. Je profite de la belle journée pour y aller à pied. De toute façon, je ne peux pas faire autrement, c'est Virna qui garde la voiture. Elle va reconduire les enfants au collège le matin. J'en profite aussi pour me changer, me mettre à l'aise et pour prendre Bartok. Ah! ce chien... Évidemment, lorsqu'il a été question de se procurer un chien, j'étais le seul à m'y opposer. En plus des enfants qui cherchaient sans relâche à me convaincre, il a fallu que ma femme s'en mêle.

— Voyons chéri, un chien, c'est bon pour la vie de famille. D'ailleurs, le Docteur Knowsalot encourage les familles d'aujourd'hui à se procurer un chien. C'est très bon la zoothérapie!

Zoothérapie ou pas, n'empêche que je suis « la personne » qui s'occupe du mastodonte. Je dis mastodonte car à son dernier rendez-vous chez le vétérinaire, il a été diagnostiqué en voie d'obésité.

— Faudrait, pour la santé du chien, expliquait le vétérinaire, l'emmener faire une promenade quotidienne de 30 minutes, question de lui faire prendre un peu d'air. Vous savez, les saint-bernard sont des chiens généralement actifs et ne doivent pas rester à ne rien faire à la maison.

Évidemment, après cette visite bi-annuelle, le concile familial s'est réuni en haut lieu, dans le but de remédier à la situation. Inutile de dire que j'ai été désigné, et à l'unanimité, pour cette nouvelle tâche. Le chien, les enfants l'adorent, mais quand il faut s'en occuper, c'est autre chose, c'est là que j'entre généralement en scène.

— De toute façon, chéri, de préciser ma femme, le grand air, ça te fera du bien à toi aussi.

Et c'est depuis ce jour que, beau temps, mauvais temps, je marche tous les soirs avec le chien. Même lorsque ma femme n'est pas à la maison et que je dors profondément sur le canapé, devant les quelque cent cinquante canaux que m'offre le téléviseur, le chien vient me rappeler qu'il a lui aussi des besoins à combler.

Au bureau de vote, ce n'est pas la foule. Monsieur Wilbelieve, tiré à quatre épingles, fait des sourires en grande quantité, tentant, j'imagine, de recueillir quelques votes supplémentaires. Autour de lui, j'aperçois des gens du parti, tous bien cravatés. Deux grands hommes, sveltes, habillés en noir, lui tiennent compagnie.

— Bonjour monsieur Baxter, me dit-il avec empressement et en s'élançant dans ma direction, je suis bien heureux de vous voir cet après-midi. Vous savez, poursuit-il, les nouvelles de l'extérieur sont bonnes. Les gens qui s'occupent du financement du parti nous ont fait savoir que plusieurs investisseurs étrangers voient d'un bon œil l'arrivée de notre parti sur l'échiquier politique. Nous sommes sans contredit sur la bonne voie. D'ailleurs, si je gagne, je vous invite ce soir, vous et votre femme, à sabler le champagne!

Le remerciant avec beaucoup de politesse, je lui explique que j'ai ce soir un engagement que je ne peux manquer. Aujourd'hui, c'est le premier lundi du mois et, comme à l'habitude, c'est mon soir avec les copains. Nous nous rencontrons, à raison d'une fois par mois, pour jouer au bridge, question de garder contact. C'est devenu presque une messe solennelle. Rien au monde ne peut me faire manquer ce rendez-vous. D'ailleurs, Virna déteste ces soirées bruyantes et pleines de fumée. De toute façon, il y aura beaucoup trop de monde sur la route, non; ce soir, c'est mon soir de bridge.

Il y a un grand avantage au fait que les gens ne votent pas de façon assidue : je n'ai pas besoin d'attendre car il n'y a personne devant moi. Comme prévu, j'appose un X aux noms de Wilbelieve et de Harden. Fort heureux de ne pas avoir attendu, je rentre à la maison le plus rapidement possible, dans l'espoir de faire un somme avant que les enfants arrivent de l'école et qu'on ne s'entende plus penser.

III

— Debout chéri, le dîner est prêt. Je me suis étendu sur le canapé aussitôt entré. J'ai complètement perdu, il faut le dire, la notion du temps. C'est une bonne chose puisque ce soir, je vais, comme prévu, rejoindre les copains pour le bridge. Cette fois-ci, ça se passe chez Bebert. Bebert, où plutôt Albert, est un camarade du collège. En fait, j'ai joué ma première partie de bridge avec lui et les autres alors que nous n'étions encore que de jeunes paumés. Depuis, plusieurs années se sont écoulées, plusieurs rêves aussi. Aujourd'hui, par contre, nous avons tous, je crois, des situations enviables. Bebert travaille pour une grosse boîte d'ingénieurs. Il a fait le tour du monde, mangé dans de grands restaurants, dormi dans de grands hôtels et veillé à la construction d'un nombre incalculable de ponts et d'autoroutes. Maintenant, c'est lui qui coordonne les jeunes ingénieurs via un bureau situé au centre-ville.

George, lui, travaille pour une firme d'architectes. Depuis quelques années, il prépare une retraite bien méritée. « Vous viendrez me rejoindre sur mon voilier, nous jouerons nos parties sur l'eau », promet-il à chacun de nous. Enfin, Bill est avocat pour un grand cabinet. Il travaille surtout dans le droit des affaires. Il y a déjà si longtemps que nous nous rencontrons le premier lundi du mois qu'il m'est difficile d'en déterminer vraiment l'origine. C'est un véritable rituel, une communion sacrée. Le dîner à peine terminé, je prends le sac d'ordures et me précipite rapidement vers la voiture, au cas où on tenterait de me retenir davantage. Je déteste qu'on me retarde lorsque je quitte pour le bridge. C'est fou, mais c'est toujours dans ces moments-là qu'on vient solliciter mon aide, à croire que je deviens subitement indispensable. Surtout que le reste du mois, on me laisse paisiblement dormir devant le téléviseur. Virna comprend bien ce que cette soirée représente pour moi, mais ça ne sert à rien, elle a besoin de m'accaparer, comme si, pour un instant, elle savait que je devenais enfin maître de moi-même, comme si je devenais un être à part entière. Au fond, cela doit tout de même faire son affaire que je m'occupe puisqu'elle prend aussi un peu de temps pour elle. Il y a aussi les enfants, et évidemment le chien qui, me voyant m'habiller pour sortir, croit que c'est son heure de promenade. Il faut donc le retenir à chaque fois, — et retenir 60 kilos d'affection ce n'est pas une mince affaire! Bartok m'attendra, comme si, au fond, il savait bien que je reviendrai tôt ou tard assouvir un de ses seuls bonheurs de la journée. Les soirées, après le coucher du soleil, sont de plus en plus fraîches. Les feuilles aux arbres ont commencé à rougir et la bise rappelle que l'automne est bel et bien arrivé. Mis à part les éternelles feuilles à ramasser, les arbres et les fleurs à entretenir, l'automne demeure ma saison préférée. La lumière du jour est parfois inspirante. Souvent, lors de mes promenades en après-midi, je peux voir des ciels dignes de toiles des plus grands artistes du pays. J'aime particulièrement le travail de Hinder. Sa grande sensibilité me rejoint. Le peintre vit toujours au pays et malgré son âge avancé — il aura 78 ans bientôt — il poursuit inlassablement son œuvre. Dernièrement, Virna m'a dit l'avoir vu lors d'une entrevue télévisée. Il s'est dit ravi de continuer à faire ce qu'il aime le plus au monde. Comme à l'habitude, j'arrive le premier. Rachel, la femme de Bebert, me salue, me faisant la bise à la volée, alors qu'elle nous quitte pour son cours de chant. Elle chante dans un chœur depuis quelques années. Même qu'elle a déjà fait de nombreux concerts. Bebert dit toujours qu'elle le harcèle sans arrêt pour qu'il l'accompagne.

J'aide ensuite Bebert à descendre au sous-sol les canapés, les chips et surtout l'alcool qui demeure un des éléments essentiels au rendez-vous. Aujourd'hui, c'est à mon tour de fournir la bouteille de whisky. Je me souviendrai toujours de mon premier trop plein de Jack Daniels, un des rares excès, il faut l'avouer, de ma vie. Je crois qu'à l'époque, j'ai vomi la moitié de mes entrailles ainsi qu'une partie de ma jeunesse. Ce fut ma première cuite, ma première peine d'amour. Les potes étaient là, présents, à tenter de me relever alors que je ne sentais plus mes jambes. Depuis, je me suis réconcilié quelque peu avec le Jack Daniels. Notre relation est demeurée, comment dirais-je, strictement cartésienne. En fait, je n'ai pas eu à vivre d'événement aussi dramatique. Il faut dire que je cherche à les éviter.

Arrive ensuite George, toujours enthousiaste et de bonne humeur.

— Plus que deux ans et 6 mois à faire, précise-t-il, faisant continuellement le décompte des derniers mois avant sa retraite. Divorcé depuis environ cinq ans, George a refait sa vie avec sa secrétaire, une femme de quinze ans plus jeune que lui. Sa vie, presque aussi compliquée que sa stratégie de bridge, s'est nettement simplifiée depuis l'arrivée de Judy. Moi aussi j'aurais bien aimé avoir une femme plus jeune, mais enfin. Cependant à l'aube de mes cinquante ans, je ne veux surtout pas compliquer les choses. De plus, je suis heureux comme je suis maintenant, sans être obligé, par-dessus le marché, de me taper les randonnées pédestres l'été et le ski l'hiver! Non, je fais ma petite affaire et je crois que j'en suis fort heureux.

Le dernier arrivé, selon la coutume, c'est Bill. Le cellulaire à la main, il donne ses dernières directives par téléphone avant de fermer définitivement l'engin servile pour la soirée. Nerveux, tendu et arrogant dans la vie de tous les jours, Bill, dès qu'il perçoit l'odeur des traditionnels canapés, mêlés à l'arôme raffinée des cigares cubains qui embaument la maison, devient un tout autre homme.

L'avantage de se voir régulièrement — ce que nous avons vraiment tenté de respecter le plus possible — c'est que l'on peut suivre, presque pas à pas, tels les épisodes d'un feuilleton télévisé, la vie de chacun. De fait, le bridge, à plusieurs moments de nos vies, a joué un rôle thérapeutique. Le fait de se voir continuellement, en terrain familier, dans une ambiance de whisky et de cigares, nous a permis, à tous et chacun, durant toutes ces années, d'affronter les vents et marées. Même si, de mon côté, on peut dire que je mène une vie assez rangée.

Parce qu'à part quelques petits accrochages avec Virna et des petites explosions à cause des enfants, je peux sincèrement affirmer que la vie chez moi est assez tranquille, et c'est mieux ainsi. J'ai toujours détesté les complications. Bien installés autour de la table, un whisky à la main, nous échangeons sur tout, alors que le téléviseur annonce les tout premiers résultats électoraux.

— Je crois que ce Harden s'approche de la présidence, prétend Bill en laissant échapper une bouffée de cigare entre ses lèvres. Le Parti patriotique populaire n'aura pas de difficulté à faire mieux que ses prédécesseurs.

— Ah ça oui, répond Bebert en montant la mise, pas difficile de faire mieux que les deux partis traditionnels.

— En fait, il est grand temps que les choses changent. Il y a de plus en plus de pauvres dans ce pays, de plus en plus de gens qui ne peuvent plus se payer un avocat.

Bill, comme la plupart des avocats, est le genre à tout ramener à sa personne. Peu enclin à s'inquiéter de la vie des autres, il est, comme me dit souvent Virna, peu apte à l'empathie. En fait, il aurait été étonnant d'entendre autre chose venant de sa part.

— Les choses pourraient êtres pires, ajoute George, on pourrait tout simplement vivre sous un régime communiste, attendre en ligne pour faire les courses pour enfin se rendre compte, après deux heures, qu'il ne reste plus rien dans les comptoirs.

— Ici, en Occident, nous sommes à l'abri de ces situations extrémistes, rappelle avec conviction Bill. Nous vivons dans une société de droits et de libertés. Les gens en sont fort conscients et ne laisseront jamais le loisir aux communistes de prendre le pouvoir.

— N'empêche que les choses ne vont pas très bien dans ce pays. Le fossé, poursuit George, s'agrandit toujours entre les riches et les pauvres. Le pays a beaucoup de difficultés à se sortir de la dernière crise économique. Et qu'est-ce que le dernier gouvernement a fait pour remédier à la situation?

— Augmenter les taux d'hypothèques! répondons-nous, tous en chœur.

— C'est toujours les mêmes qui paient la note, la classe moyenne! soutient Bebert, Si ça continue ainsi, la classe moyenne disparaîtra!

— N'empêche que ce Harden, ajoute Bill, semble être l'homme de la situation. Confiant, bien entouré et surtout muni d'un charisme surprenant, il a l'air d'être d'attaque pour faire un peu de ménage dans les finances publiques. Il y a beaucoup trop de mains qui se graissent à qui mieux mieux, sans parler de ce lobby presque institutionnalisé.

— Au fait, dis-je, j'ai reçu un drôle de courrier au bureau aujourd'hui. Le syndicat mettait en garde ses membres de voter pour Harden, et les priait d'opter pour un vote plus traditionnel, un vote en faveur des conservateurs.

À peine ai-je eu le temps de préciser le contenu de la lettre, que Bill s'enflamme :

— De la magouille! Ces béni oui-oui baisent avec les conservateurs! C'est bien clair que les syndicats ne veulent pas de changements, ils sont déjà reconnus comme des institutions à part entière dans le système. Ils sont devenus encore plus conservateurs que les gouvernements! Pas de danger de voter pour le changement, au cas où il serait difficile d'assurer les cotisations syndicales!

Bill est aussi anti-syndicaliste, son métier l'oblige. Il doit régulièrement, dans le cadre de son travail, se frotter aux unions qu'il considère ni plus ni moins comme un second patronat.

— Les syndicats, dit-il toujours, sont devenus de véritables états dans l'État.

Pour ma part, en tant que cadre intermédiaire au ministère du revenu, je ne suis pas syndiqué. Je l'ai déjà été, il y de cela des lustres et comme j'étais jeune marié, avec la femme et les enfants, je n'avais pas le temps de me faire une opinion. Aujourd'hui, ça ne me regarde plus. Et comme j'ai l'habitude de me mêler de mes affaires, je laisse ça aux autres. C'est ce qui fait en sorte que je n'ai pas vraiment d'opinion sur la question.

Jetant un coup d'œil au dessus de l'épaule de George, je constate la sortie de nouveaux résultats. Le Parti patriotique populaire est en avance, il détient 31% des votes. Brenda doit saliver à l'idée de sabler le champagne avec son avocat. Le contrat de Bebert me ramène rapidement sur terre. Sacré Bebert, il a toujours joué comme un as.

En fait, c'est pareil pour tout ce qu'il entreprend. Il a toujours été, secrètement, un modèle pour moi. Magnifique joueur de foot au collège et toujours premier de classe, Bebert était bâti comme un dieu grec. Moi, avec ma petite ossature, je ne pouvais qu'admirer cet athlète. Évidemment, j'ai, moi aussi, fait partie de l'équipe de foot. Il est pratiquement impensable de ne pas jouer au foot. C'est comme qui dirait, aussi impensable que de ne pas posséder de téléviseur. Or, aujourd'hui, comme la plupart d'entre nous, Bebert a pris du poids. Tout le monde prend du poids dans ce pays. À croire que l'on passe notre vie à engraisser. Pourtant, je n'ai jamais autant travaillé. Quand j'étais étudiant à la faculté, on me disait que, dans l'avenir, les gens travailleraient moins, qu'ils passeraient plus de temps en famille, profitant de loisirs. Or, il semble que l'on soit encore loin de tout cela. À l'ère du fast-food et des régimes amaigrissants, on n'a pas le temps. Tout va toujours si vite, trop vite. Tout est si cher, trop cher. Il faut toujours tout avoir, et surtout, tout maintenant. Et ce, particulièrement lorsqu'on a des enfants. Ce sont de véritables industries de consommation. L'argent leur glisse entre les doigts, telle une poignée de sable fin. Rapidement, et ce, dès leur jeune âge, les enfants m'ont assigné un rôle de pourvoyeur.

Aujourd'hui, lorsque Elena et Karl prennent quelques minutes, entre les nouveaux succès au palmarès, le tout dernier film et les jeux vidéos, pour constater que j'existe, c'est généralement pour me quémander de l'argent ou pour me parler du dernier gadget dont ils ne peuvent absolument pas se passer. Oui, tout va si vite... À croire qu'il faut acheter aujourd'hui car demain, ce sera trop tard ou passé de mode. Et le temps aussi file, alors que je regarde tranquillement le pendule de la salle récréative au sous-sol. Déjà vingt-deux heures, une autre soirée de cartes qui arrive à sa fin.

C'est maintenant officiel, le Parti patriotique populaire fera partie du prochain gouvernement. La télévision vient de le confirmer.

IV

Comme prévu, Bartok m'attend impatiemment pour sa marche quotidienne. J'enfile un bon coupe-vent, attrape quelques sacs jetables et me prépare à faire le trajet usuel. Je permets généralement au chien de vagabonder tranquillement sans laisse. Il connaît bien le trajet et je connais bien ses réactions. De toute façon, dans notre quartier, après 20 heures les soirs de semaine, c'est le calme plat. Quelques lumières, provenant des salons animés par les éclats des télévisions, tiennent compagnie aux quelques réverbères allumés. Loin du centre-ville, ici, la vie est paisible et ce, même les week-ends. C'était d'ailleurs un de mes prérequis avant d'acheter une propriété. Certes, la situation n'est pas parfaite, rien n'est parfait en ce bas monde. Et, malgré un vol ici et là, le reste du temps, on se sent en sécurité. Je suis fort heureux d'habiter en banlieue. D'autant plus qu'il y a Wilbelieve, toujours le nez à la fenêtre, qui se renseigne sur tout. Oui, je suis bien heureux de vivre en dehors du centre-ville, bien en sécurité. Au centre-ville, c'est tout un autre monde. Même l'après-midi, quand je prends quelques minutes pour faire une promenade, c'est la folie. Il y a beaucoup de gens bizarres. La ville recèle de sans-abri et de clochards. Sur les trottoirs, il faut systématiquement enjamber les clochards étendus, ivres mort, le long des murs. C'est embarrassant. Même que certains d'entre eux sont étonnamment jeunes, presque l'âge de mon fils, comme si le pays était incapable de leur fournir du boulot. De plus, nous ne sommes pas en sécurité dans les grandes villes. Le nombre de meurtres, de vols et de gestes de violence gratuite ne cesse d'augmenter. Windthorn dit que c'est parce que le gouvernement ne veut plus payer pour les asiles, ni pour aucun projet de réinsertion sociale.

— Le gouvernement aime mieux financer les projets capitalistes avancés par une poignée de bourgeois, sous prétexte que ces grands philanthropes ont la bonté de nous fournir du travail.

— Il faut que le gouvernement aide les entreprises en difficulté, lui ai-je déjà dit, car ces compagnies s'établiront ailleurs.

Aussi éloquent qu'entêté, Windthorn ne laisse jamais le dernier mot à quelqu'un d'autre, surtout si ce quelqu'un d'autre n'a pas la même opinion que lui :

— Les gouvernements capitalistes baisent avec le grand capital. De nos jours, les entreprises choisissent librement de s'établir dans des pays où il n'y a pas de syndicats, et ce, sans l'intervention de personne. Même que certaines compagnies ferment leurs portes dès que les travailleurs, exploités à outrance, décident de créer des unions. Le capitalisme ne veut pas que ça change. Les riches doivent devenir plus riches et ce, comme toujours, sur le dos du prolétariat. L'Organisation internationale, si elle avait voulu, aurait, et depuis fort longtemps, mis en place des mesures pour empêcher les entreprises de s'établir là où elles veulent, selon leurs critères. Cependant, l'Organisation internationale, comme la Banque mondiale, n'est qu'un outil au service du capitalisme planétaire. Et la paix qu'il préconise n'est qu'une paix économique, une paix qui laisse librement la bourgeoisie internationale investir où elle veut, comme elle veut. C'est la paix capitaliste, celle de l'impérialisme financier

Un véritable paranoïaque, ce Windthorn. Comme si tout était bien orchestré par une force économique suprême, contrôlée et gérée par la bourgeoisie. Évidemment, son discours ne peut jamais se terminer sans ces paroles prophétiques :

— C'est pour cela que la prise en charge des industries par

le prolétariat est la seule véritable issue pour assurer la paix, la prospérité et l'harmonie de tous les peuples du monde.

Que de la théorie tout ça. L'URSS a déjà essayé et avec de piètres résultats. Les journaux en ont rempli leurs manchettes, un véritable échec national dit-on. Avec tout ce qu'on a entendu sur les pays communistes : rationnement, mafia organisée, alcoolisme sans bon sens, c'est à croire qu'il n'y a que les communistes qui ne lisent pas dans ce pays!

Déjà, sur la rue, on a commencé à enlever les affiches et les pancartes des différents candidats tandis que Bartok se précipite vers la porte d'entrée.

Enfin, demain, c'est la première journée d'un nouveau gouvernement. Le début d'une nouvelle ère, paraît-il. J'ai peine à y croire. La politique, par ici, c'est toujours la même chose : beaucoup de mots, peu de gestes. Pas étonnant que ça n'intéresse personne.

Deuxième partie
L'étreinte

I

C'est enfin le week-end, le temps de changer, ne serait-ce qu'un moment, le mal de place. Des mois se sont écoulés depuis l'arrivée du Parti patriotique populaire à la tête du pays. Jusqu'à maintenant, rien de nouveau. En fait, rien de ce qu'avait prévu Windthorn.

Les week-ends, je prends les choses de façon moins protocolaire. Entre autres, je refuse obstinément de me raser. Durant la semaine, le travail oblige, je dois respecter un code vestimentaire strict : veston, cravate et attaché-case, et ce, même à 30 degrés de chaleur! En tout temps, je dois être impeccable, bien rasé. Or, le matin, le bruit infernal du rasoir électrique me rappelle, à chaque jour, que je dois aller au chagrin. Le fait de ne pas me raser me procure ainsi une impression de liberté.

Prenant la dernière gorgée d'un café déjà refroidi, je me précipite promptement vers la voiture pour reconduire Karl au foot. Vague impression de liberté effectivement puisque les week-ends, la voiture remplace le bus alors que le football devient une de mes nombreuses obligations. Dans ce pays, particulièrement lorsqu'on a des enfants, le football constitue une partie intégrante de votre vie. En fait, il est pratiquement impensable de ne pas envoyer ses enfants jouer au foot. Même chez les adultes, le football occupe aussi une certaine partie du temps. D'ailleurs, ce soir, je suis invité à voir un match avec Fallow.

— Baxter, m'a-t-il dit, aussi excité qu'un adolescent, j'ai deux billets pour le match de samedi, m'accompagnerais-tu?

Difficile de refuser. Surtout que les samedis, la mère de Virna vient régulièrement nous rendre visite. Depuis la mort de son mari, Madame Russells a pris l'habitude de venir dîner avec nous. Ce n'est pas que je n'aime pas ma belle-mère, mais c'est qu'elle a la fâcheuse habitude de croire qu'elle a toujours raison.

— Henry, qu'elle me dit toujours derrière un regard à la fois hautain et méprisant, vous devriez accorder plus de temps à vos enfants.

Le « vous devriez », qu'elle me sert sans cesse depuis une vingtaine d'années, me rappelle de façon peu rassurante certains commentaires de Virna. Certes, elle a, elle aussi, la fâcheuse manie de proposer une façon de faire qu'elle considère toujours mieux que celle des autres. « Pourquoi ne ferais-tu pas ceci? Pourquoi ne ferais-tu pas cela? en passant par un Karl, ne joue pas dans ton assiette à Elena, tiens-toi le dos droit. » On ressemble toujours un peu à nos parents. Mais fort heureusement, Virna n'a quand même pas tout raflé de sa mère à la loterie de la génétique! Les matchs locaux et les pratiques de football de l'équipe de mon fils, été comme hiver, se font généralement sur le terrain du collège Bradley. L'établissement scolaire date de nombreux siècles et les arbres qui bordent la route de chaque côté en sont les témoins silencieux. C'est le collège que j'ai moi-même fréquenté et c'est sans contredit une valeur sûre. D'ailleurs, plusieurs grands hommes ont fait leurs classes ici. La cour intérieure donne sur un jardin de chênes plusieurs fois centenaires. Bancs et espaces de repos ont été aménagés pour accommoder les élèves. L'architecture, datant du Moyen Âge, rappelle la présence des moines franciscains qui l'ont fondé. En fait, lorsque je viens ici, j'ai l'impression de renouer avec le passé. Tout est resté étonnamment intact. Rien n'a été déplacé.

Combien de fois avons-nous couru, les jours d'hiver, habillés seulement de nos uniformes, traversant d'un bâtiment à l'autre, entre les périodes de cours? Combien de fois ai-je sauté par-dessus le banc qui se trouve entre le pavillon où je suivais mon cours de littérature et celui de mathématiques? Combien de fois aussi me suis-je retrouvé sous le grand chêne près des portes principales de la bibliothèque? Je me vois encore, jeune paumé, l'avenir devant moi, alors que je tentais désespérément de dire à Sarah Higins, la fille de mes rêves, combien je souffrais d'amour pour elle. Combien de fois, pendant les cours de latin, ai-je écrit ces mots qui gardent encore le doux parfum de ces lieux : *Sarah pulchra est, pulchra ut rosam* ou encore, alors que je traduisais fébrilement les poèmes de Catule : *da mihi basia mile...* Inutile de dire que je n'avais pas trop de difficulté à mémoriser les mots; belle, rose, à conjuguer le verbe aimer en latin. Chaque fois que j'avais la chance de me retrouver près d'elle, j'en perdais complètement tous mes moyens. J'avais la vaine sensation que le sol s'anéantissait sous mes pieds tandis que ma respiration, haletante, me donnait l'impression que j'étais subitement atteint du mal de l'altitude. Certes, à l'époque, je n'ai jamais rien avoué aux copains. De toute façon, ils n'auraient rien compris. À cet âge, on ne cherche pas à comprendre vraiment l'amour, on est trop occupé à le vivre. D'ailleurs, j'avais moi-même de la difficulté à exprimer mes sentiments en mots. En fait, je crois maintenant que j'étais incapable de dire ce que je ressentais. C'est encore le cas aujourd'hui. Virna me le reproche souvent.

— On ne sait jamais ce que tu veux, me dit-elle régulièrement, à croire que tu traverses la vie sans que jamais rien ne te dérange. C'est, et je dois l'avouer, un peu vrai. Il n'y a pas grand chose qui m'indispose. Je crois que j'ai presque toujours avancé dans la vie ainsi. C'est en quelque sorte, ma nature profonde. Chez moi, les gens parlaient peu. Chacun faisait sa petite affaire. Mon père, comptable comme moi, était un homme de peu de mots. Je crois même que j'aurais de la difficulté à me rappeler le son de sa voix. Lorsqu'il entrait à la maison, mon père avait l'habitude de s'enfermer dans son bureau. Souvent, on se demandait s'il faisait autre chose que de travailler dans la vie. Le travail au bureau, le travail à la maison, même le travail en vacances — lorsqu'il en prenait. À dire vrai, mon père était une véritable machine à calculer. Ma mère, une institutrice, nous disait souvent que s'il travaillait autant c'était pour assurer notre avenir.

— Votre père vous aime les enfants, seulement, ajoutait-elle, il a tellement de travail.

Je me rappelle encore les plis sur le front dégagé de mon père. Ces profondes rides, tels d'immenses caniveaux, témoignaient des nombreux soucis qu'il entretenait. Jeune, je me demandais souvent si c'était pour cela qu'il n'avait presque plus de cheveux sur le crâne. Aujourd'hui, ayant moi-même le front assez dégarni, je ne peux que sourire en me rappelant cette réflexion naïve. Par ailleurs, dans la famille de Virna, c'est tout le contraire. Chez les Russells, les gens causent, les gens ont d'ailleurs toujours trop causé à mon avis. Dans la famille de ma femme, il est pratiquement impossible de garder un secret. Tout le monde, dans une orgie de mots, une bacchanale de phrases, se mêle des affaires de tout le monde. C'est encore davantage vrai depuis la mort de son père. Monsieur Russells était comme mon père, un homme silencieux. C'était, il me semble, par dépit, puisque sa femme parlait pour deux. Je n'ai pas été élevé ainsi. Chez moi, la discrétion était de mise. Encore aujourd'hui, je me défends bien de me mêler de ce qui ne me regarde pas et je tente d'éviter, autant que faire ce peut, les situations compliquées. C'est un peu pour ça que Virna m'a choisi pour faire sa vie. Quelque part, on choisit toujours quelqu'un qui ressemble à son père ou à sa mère. Au fond, elle se plaît du fait que je parle peu. Elle peut ainsi prendre aisément toute la place.

Debout dans les escaliers de l'allée centrale de la bibliothèque, je peux voir, au bas de la colline, le terrain de football où pratique présentement mon fils. Le regarder s'entraîner me rappelle l'époque où j'avais son âge. Les mains et les pieds complètement gelés, j'essayais par tous les moyens de me réchauffer, alors que l'entraîneur de l'équipe du collège m'interpellait sans cesse :

— Allons Baxter, un peu de cran, du nerf bon sang!

Monsieur Redfield, l'entraîneur du collège me l'a sans doute répété des milliers de fois.

— Vous ne ferez jamais rien qui vaille si vous ne vous affirmez pas! La vie, répétait-il souvent, c'est comme le foot, il faut risquer, se commettre, sans craindre de tout perdre. C'est dans ces grands moments d'existence que l'on prend conscience de sa propre vie, de ce que l'on a! Je n'ai jamais eu besoin de tout perdre pour prendre conscience de ce que j'ai. En ce début de cinquantaine, je crois être plutôt satisfait du cours de ma vie. Mis à part le surplus de poids que j'entretiens, je suis heureux, sincèrement, de ce qui m'arrive jusqu'à maintenant. Pas de problèmes au boulot, pas de problèmes à la maison, pas de problèmes nulle part. Le vent, encore froid en ce début de printemps, me caresse le visage alors que je regarde Karl fêter le but qu'il vient de marquer. Beaucoup plus téméraire que moi, Karl est un véritable fonceur. D'ailleurs, il fait partie des meilleurs buteurs de son équipe. Il a un peu de sa mère en lui. Tout comme Virna, Karl ne recule jamais devant rien. En fait, il donne réellement l'impression, du haut de son mètre soixante-sept, d'être un géant, imperturbable et invincible, comme si le monde lui appartenait. Moi, à son âge, je crois que je ne dégageais pas cette même assurance autant dans la vie que sur un terrain de foot. J'étais plutôt taciturne et trop occupé à penser à autre chose. Fort heureusement, j'occupais le poste de gardien de but, ce qui me donnait le loisir, plus souvent qu'autrement, de méditer davantage. Si elle n'avait pas été une femme, Virna serait allée beaucoup plus loin dans la vie. La société est dure pour les femmes. Elle leur en demande beaucoup trop. Une carrière, un bon mari, une famille, sans parler d'un poids idéal. Chez les hommes, un peu de surplus de poids n'est pas dramatique, même que c'est souvent associé à la bonhomie. Alors que chez les femmes, la société ne pardonne pas. Magazines et annonces publicitaires donnent de la pression en dictant l'image qu'elles doivent entretenir. D'ailleurs chez

Virna, le poids a toujours été une véritable obsession. Le cours de danse d'aérobie ainsi que le vélo stationnaire font partie de son immense programme quotidien. La famille goûte aussi quelque peu à son obsession de la ligne parfaite. Ses nombreuses méthodes d'alimentation, toutes plus révolutionnaires les unes que les autres, font en sorte que nous avons l'impression d'être ses cobayes. J'ai toujours admiré — même si parfois elle exagère — cette grande énergie chez Virna. Lorsqu'elle entreprend quelque chose, rien ne lui résiste. Comme dans un tourbillon, tout se déplace autour d'elle. Je suis toujours étonné de constater la quantité de travail qu'elle peut accomplir dans une seule et même journée. Karl s'approche du banc des joueurs, les mains enfouies sous ses aisselles, tentant de se réchauffer le bout des doigts tandis que son entraîneur, en guise de satisfaction, lui donne une tape dans le dos. Aujourd'hui, c'est au tour de Karl d'avoir froid et de chercher par tous les moyens à se réchauffer. C'est la vie qui se poursuit, le temps qui fait son œuvre. C'est dans ces instants magiques que je suis heureux d'avoir des enfants.

II

Confortablement étendu sur le sofa, le chien à mes pieds, je n'arrive pas à trouver le sommeil. Pourtant, après l'entraînement de Karl, les courses avec Virna et le karaté d'Elena, je devrais normalement être exténué. Règle générale les samedis, lorsque j'ai un petit moment de répit avant l'arrivée de ma belle-mère, j'en profite pour faire un somme.

Exceptionnellement ce soir, je vais rejoindre Fallow pour dîner avant la partie de foot au Stadium. Je n'ai pas l'habitude de sortir les samedis et après le dîner avec Virna et sa mère, — dîner que j'engloutis en tentant d'esquiver le plus possible les invectives de Madame Russells — je me précipite au salon, laissant la mère et la fille s'entretenir aisément sur mon compte. Quelquefois, pour faire plaisir à Virna, je me risque à jouer une partie de cartes avec elles.

Or, à peine ai-je le temps de me rappeler ces événements, que l'on frappe à la porte :

— Henry, voudrais-tu ouvrir, je crois que c'est ma mère!

Évidemment, c'est sans précipitation que je m'approche de la porte pour ouvrir.

— Bonsoir Henry, encore ici?

Madame Russells, visiblement heureuse de me voir, est habillée d'une robe noire, d'un petit chapeau, tenant sa bourse solidement entre ses deux mains à la hauteur de la poitrine. Ma belle-mère, toujours aussi peu souriante, pénètre promptement dans la maison.

— Vous ne deviez pas sortir ce soir? laisse-t-elle échapper d'un ton détaché.

— Justement, je m'apprêtais à sortir à l'instant, lui dis-je en tentant d'utiliser un ton aussi détaché que le sien. Entre ma belle mère et moi ça n'a jamais été le grand amour. D'aussi loin que me portent mes souvenirs, il n'y a jamais eu entre nous de véritable relation. Au fait, je n'ai jamais eu de relation non plus avec le beau-père. Lorsque Monsieur Russells était de ce monde, il avait tendance, tout comme moi, sitôt le dîner terminé, à disparaître. Toujours aussi peu bavard, le père de Virna s'assoyait dans la grande chaise au salon. La plupart du temps, dans un silence quasi monastique, il fumait une pipée de tabac aromatisé, ou, dans l'espace d'un moment, s'assoupissait paisiblement. J'ai toujours trouvé que c'était parfait. Je crois que c'était son tempérament. Il n'avait rien à dire alors pourquoi parler. De toute façon, sa femme s'est toujours chargée de la conversation.

— Ton mari, dit-elle encore souvent à Virna, ne prend jamais de décision, c'est un homme mou. Ton père, que Dieu ait son âme, était tout un homme, un vrai homme, qui prenait les choses en main. Ma belle-mère a beaucoup de difficulté à accepter le fait que je ne contrôle personne, que je n'impose rien à ma femme ni à mes enfants. C'est dur d'accepter la différence.

Ramassant mon manteau, j'embrasse du coin de la bouche ma femme et salue respectueusement ma belle-mère. Le trafic est sans contredit une des tares les plus importantes de la métropole. Indépendamment du jour ou de l'heure que vous essayez d'entrer en ville, vous devez inévitablement subir un de ces interminables bouchons. J'ai de la difficulté à croire qu'il y a des gens qui acceptent de vivre cela à tous les jours. Lorsque j'étais plus jeune, je prenais la voiture pour rentrer au boulot. Je me demande encore aujourd'hui comment je faisais. J'arrive le premier au Downhill, un pub à quelques pas du Stadium, l'endroit où Fallow et moi nous nous sommes donné rendez-vous. Je prends une place au bar et commande un Jack Daniels tout en jetant un regard sur le bulletin de nouvelles à la télévision.

— Rappelons que le nouveau gouvernement, à seulement quelques mois de son élection, a procédé aujourd'hui à un remaniement ministériel imposant. En plus d'avoir nommé de nouveaux ministres aux Finances publiques et aux Affaires extérieures, trois nouveaux ministères ont aussi vu le jour : un ministère de la Sécurité publique qui remplacera le ministère de l'Intérieur et qui sera muni d'une police spéciale l'ESURNA, (escouade de sûreté nationale), un ministère des Corporations et un ministère de l'Information. Frank Dempsey explique :

« Décidément, le nouveau Président cherche à faire sa marque. D'ailleurs, le *Tribune*, un des nombreux journaux du pays titrait aujourd'hui à sa une : *Un président transparent*. L'article présentait Harden comme un chef qui prône avant tout l'honnêteté de l'appareil d'État. Ce ne sera pas difficile. À ce qu'on dit, le dernier gouvernement conservateur était la cible d'accusations diverses concernant l'octroi de pots-de-vin à certaines grandes entreprises entre autres, quant à la suppression et au contrôle des armes à feu. Le nouveau Président critique aussi la trop forte présence du grand capital dans les affaires d'État, favorisant davantage le développement de la classe moyenne et des propriétés de petites et moyennes entreprises qu'il regroupe en diverses corporations. Il devra sans doute se battre contre les conservateurs, car plusieurs d'entre eux sont toujours au gouvernement. D'autant plus que, selon les observations de Bill, les vieux renards de l'ancien gouvernement conservateur ont sciemment laissé à Harden et à son parti le soin de s'accaparer des postes clés au sein du gouvernement.

— C'est la meilleure façon de lui faire perdre sa popularité, clamait Bill à la dernière partie de bridge. Les conservateurs espèrent ainsi le voir se casser la gueule!

Enfin, je ne sais pas ce que ça donnera, mais une chose est claire, il semble y avoir une volonté de changement. Tant mieux, et principalement dans les grandes villes, il y a a tellement de choses à faire. La pauvreté, une pauvreté inquiétante habille le paysage social. À la porte du pub, un type se tient, le sourire aux lèvres, ouvrant la porte aux gens. Le propriétaire, visiblement irrité, tente de s'en débarrasser. Toutefois, malgré son accoutrement et la forte odeur qu'il dégage, cet homme me donne l'impression d'être quelqu'un d'autre. Oui, c'est ça, il porte un visage différent, celui d'un intellectuel. Les petites lunettes rondes posées au bout du nez semblent trahir ses origines. Comment en est-il venu là? Pourquoi tant de gens de ce pays choisissent la rue? En fait, la choisissent-ils vraiment? Et leur nombre qui ne semble pas aller en décroissant. Lorsque j'étais plus jeune, je ne me souviens pas d'avoir vu autant de badauds et de sans-abri. Et plusieurs sont à peine plus vieux que mon fils!

La dernière crise économique, dit-on, a été catastrophique pour plusieurs. Évidemment, banquiers, fiscalistes et économistes proposent le *statu quo* et somment les gens de rester immobiles et de ne pas vendre leurs placements, le temps que la crise se résorbe complètement. Je me demande toujours comment il se fait que les grands de la finance sont incapables d'anticiper les moindres fluctuations du marché. C'est à croire qu'ils naviguent à vue. Windthorn aurait certainement une réponse déjà toute faite.

Ainsi, plusieurs fabriques ont dû fermer leurs portes, jetant sur le pavé de nombreux travailleurs. Qu'en est-il des prestations d'aide sociale? Je sais que le gouvernement conservateur n'était pas très chaud à l'idée de donner des prestations aux sans-emploi. Le discours officiel laisse toujours paraître une certaine crainte quant à la paresse sociale.

Cependant, aux dires de Windthorn, les gouvernements capitalistes aiment bien voir les gens sur l'aide sociale, cela leur assure un certain contrôle :

— Les gens sur l'aide sociale sont complètement démunis et vivent sous le joug du gouvernement. À chaque jour, l'État leur dit quoi penser et, par la télévision, ils ont accès à un paradis climatisé, leur permettant, pour un instant, d'oublier leurs conditions de vie exécrables.

Pour ma part, je n'ai jamais eu à me retrouver au chômage, ni à demander de l'aide sociale. Je ne suis même pas au courant des conditions d'admissibilité ni des montants alloués. Comme plusieurs personnes de ma génération, j'ai trouvé un emploi sitôt sorti de la faculté. J'ai fait un stage au ministère du revenu où j'ai intégré un poste dès la fin de mes études universitaires.

En jetant à nouveau un coup d'œil sur le type à l'extérieur du pub, je me rappelle aussi ne jamais avoir vu autant de gens seuls. La solitude est sans doute un des pires fléaux de ce siècle. Nous sommes si nombreux sur terre et malgré cela, il y a encore des gens qui ne comptent que sur eux-mêmes. C'est quant même curieux non? Sur la rue, lorsque je prends un peu d'air à l'heure du lunch, je rencontre beaucoup de gens seuls, et la majorité sont des personnes âgées. Je croise souvent une vielle dame qui prend son café tous les jours au même petit restaurant miteux sur Riverside. Le dos courbé, malingre, le visage tuméfié par le cycle récurrent du chaud et du froid sur sa peau, elle traverse péniblement la rue. Ses bras chétifs, constamment chargés d'une canne et d'une foule de paquets, semblent être sur le point de se briser. À la regarder, je me demande toujours comment elle fait pour vivre, ou plutôt pour survivre dans cette jungle urbaine.

L'arrivée en trombe de Fallow me sort littéralement de mes pensées et me ramène rapidement à la raison pour laquelle je suis ici.

— Excuse-moi, Baxter, c'est ce fichu trafic! me dit-il portant fièrement un chandail aux couleurs de l'équipe locale. Je crois que ce soir, ce sera un match du tonnerre! ajoute-t-il en faisant signe au serveur de lui apporter une bière.

Je le remercie encore une fois pour l'invitation, lui disant que ça change des soirées en compagnie de ma belle-mère.

Dans un tourbillon de statistiques, Fallow m'expose les éléments de la théorie sur laquelle il fixe ses pronostics pour le match de ce soir. C'est absolument fascinant de voir la passion et l'énergie qui animent ce Fallow. Il parle de football avec autant de conviction que peut parler Wilbelieve de politique. Je me demande, en sirotant un second Jack Daniels, comment il arrive encore à s'étonner. Moi, il y a longtemps que je ne m'étonne plus. On absorbe tellement d'informations dans une journée. Que ce soit par la télévision, la radio, les journaux, on nage littéralement dans un océan d'informations.

La serveuse nous fait signe que notre table est prête et nous nous déplaçons pour le dîner. Le pub est très fréquenté, surtout, paraît-il, les soirs d'avant match. Les gens s'y rejoignent, question de discuter football et de placer quelques paris. Ne connaissant que sommairement les équipes qui s'affrontent, je peux tout de même suivre, voire contribuer à une conversation sur le sujet. J'insiste, on n'a pas vraiment le choix dans ce pays, c'est un devoir, pratiquement.

III

Après un dîner gargantuesque, nous partons pour le Stadium. Ce soir, l'équipe locale, les *Patriots*, accueille une équipe de taille : les *Rocketers*. Les *Patriots* sont considérés comme une institution dans le football. D'ailleurs, c'est le nom que porte aussi l'équipe nationale au championnat du monde qui a lieu une fois tous les quatre ans.

Le Stadium est lui aussi une véritable institution. Lieu sacré du football, l'enceinte date de l'Antiquité. C'est un signe indéniable du passage de la civilisation. Les murs extérieurs ont réussi, malgré les hommes, à traverser le temps. Depuis un bon moment, une équipe de spécialistes tente de les restaurer, et surtout de les nettoyer, en enlevant minutieusement les traces de monoxyde de carbone.

Au Stadium, il y a aussi, avec le foot, les incontournables pretzels géants et la bière. Encore bien rassasié du dîner du Downhill, je me laisse tout de même tenter. C'est fou comme on a peu de volonté lorsqu'il s'agit de manger, comme si notre intestin, d'un seul coup, prenait des proportions infinies. Pas étonnant que de façon générale, on engraisse dans ce pays. Virna, une maniaque de la bouffe-santé, me disait l'autre jour que l'on mange durant le seul repas du dîner près de la moitié du nombre de calories nécessaires à toute une journée et même parfois plus! Encore plus alarmant, cependant, est le fait que quarante pour cent des jeunes d'aujourd'hui bougent moins que ceux d'il y a trente ans. Le travail physique et l'activité sportive ont été remplacés peu à peu par la zappette et la souris. Nous vivons, comme le dit Windthorn, dans une véritable société « Nintendo ».

— Nous sommes dans une société où l'index est plus développé que le corps et l'esprit. Tous aussi inactifs, les uns que les autres, bien assis, béants, devant un écran cathodique, laissant le soin à nos dirigeants de décider pour nous. Cette inertie collective, selon Windthorn, fait assurément l'affaire de nos dirigeants.

« L'État, reprenait-il, un après-midi au bureau, favorise la non-implication du citoyen, lui donnant la chance d'accéder à un luxe matériel, véritable anesthésiant. Cette société opulente entraîne le citoyen dans un somnambulisme chronique, lui offrant une espèce de luxe compensatoire qui le détourne des véritables priorités de notre société. Ce somnambulisme politique est l'objectif indéniable de notre système économique, système basé sur la production et la consommation de masse. Ainsi, le matériel, dans cette structure économique, occupe une place fondamentale et doit demeurer le principal centre de nos préoccupations. L'équilibre économique du système capitaliste en dépend.

Autour de moi, la foule acclame l'arrivée des joueurs. Ici, je suis dans un monde de véritables fanatiques. Il n'est pas difficile de rencontrer de gens aussi passionnés que Fallow. Certains supporters traînent même avec eux un petit radio portatif, question de bien entendre l'analyse des commentateurs de l'événement. D'autres, poussés par une telle exaltation, se peignent littéralement le corps avec les couleurs de l'équipe. Devant moi, entre autres, un groupe de collégiens, torses nus, portent fièrement les numéros de leurs idoles.

Avant le début du match, un annonceur officiel nous apprend la présence du Président de la République. Richard Harden, visiblement heureux d'être ici, est aussitôt accueilli chaleureusement par le public. Le chef du gouvernement est accompagné de sa femme, Melinda Brown, ainsi que de sa garde personnelle et de certains membres du gratin politique. Envoyant la main à qui mieux mieux, le Président fait son entrée sur le terrain de football pour l'hymne national.

Harden, la main au cœur, prononce solennellement, les mots quasi sacrés de l'hymne national : « *Ô drapeau, symbole de la gloire des gens de ce pays. Sanctifie avec louanges cette nation que tu glorifies...* » La foule, silencieuse, semble suspendue aux lèvres de l'interprète, comme si, pour un instant, elle faisait un tout homogène. Drôle d'impression cependant ce que je ressens présentement, alors qu'autour de moi les gens semblent entrer en transe. À dire vrai, je n'ai jamais été patriotique. Lorsque je rencontre des gens de différentes nations, je suis généralement assez fier de mes origines, mais rien de plus. Seulement ce soir s'opère en moi quelque chose qui m'apparaît nouveau. Je sens monter une espèce de fierté contagieuse, une puissance étrange. Ce sentiment, je crois ne l'avoir jamais eu auparavant. Harden, invité d'honneur, procède au botté d'envoi. D'un coup de sifflet, l'arbitre en chef annonce officiellement le début du match.

IV

La partie terminée, nous allons au Crimson pub, question de prendre un apéritif. Nous devons y rejoindre Windthorn et, aussi incroyable que cela puisse paraître, Robert O'Weary. Les deux hommes, déjà installés au bar, nous saluent dès notre arrivée.

— Et alors ce match? lance Windthorn avec une certaine ironie.

— Assez bien, lui dis-je.

Or, à peine ai-je eu le temps de répondre que Fallow y va d'un océan de superlatifs. Windthorn, qui aime plus ou moins le foot, aime par contre faire sortir Fallow de ses gonds. En fait, il est à la fois fasciné et exaspéré par son fanatisme notoire. Commentant l'exaltation de la foule, Windthorn, le sourire aux lèvres, prend la parole.

— *Panem et circenses*! Comme à l'époque des Romains, du pain et des jeux! Ce fanatisme à outrance est un signe indéniable de la décadence du système.

Qu'il m'est difficile de faire admettre à Windthorn que notre système politique, même s'il n'est pas parfait, appuie toutefois sa démocratie sur des bases solides!

— Le droit, lui dis-je en reprenant les propos de Bill, ou la société de droits, n'assure-t-elle pas un certain équilibre politique qui nous permet d'éviter les situations de dérapage collectif? Nous ne sommes plus à l'époque des Grecs anciens et des Romains, ajoutais-je en prenant une gorgée de whisky, la démocratie, enfin l'appareil démocratique ne s'est-il pas grandement raffiné depuis des millénaires?

— Camarade, que tu es naïf, reprend-t-il avec mépris. Une société où les sportifs, où plutôt les sportifs « professionnels » représentent l'aristocratie salariale, et qui sont mieux payés que quiconque, voilà un des signes avant-coureurs d'une société en déclin.

Lorsque Windthorn prend le temps de m'appeler *camarade*, c'est qu'il se prépare à se lancer dans une de ses nombreuses envolées doctrinaires.

— À chaque jour, on baisse les standards dans l'éducation. Les collèges de ce pays acceptent n'importe quel cancre, pourvu qu'il sache botter un ballon! Ces jeunes qui savent à peine lire et écrire permettront à ces collèges bourgeois de redorer leurs blasons en raflant une série de championnats. On ne choisit plus un Collège en fonction de la qualité de sa formation mais en fonction de la qualité de son équipe de football!

Outre cette paranoïa excessive et son endoctrinement communiste, Windthorn demeure tout de même un chic type. D'autant plus que ce soir, admettons-le, il a accompli un véritable miracle en sortant O'Weary de son monde. En fait, c'est la première fois qu'on se retrouve comme ça. C'est assez étonnant tout de même, on travaille avec des gens durant des années et on ne prend jamais le temps de se retrouver à l'extérieur, d'apprendre à se connaître. On passe beaucoup de temps au travail, près du tiers de sa journée… Ainsi, pour s'assurer la présence de O'Weary, Windthorn est allé directement chez lui, évitant ainsi les « je ne connais pas l'endroit », ou bien encore, « il est un peu tard ». Windthorn, un puriste sans voiture — qu'il considère d'ailleurs comme l'objet le plus représentatif du capitalisme individuel et de la servitude — ne ménage aucune dépense lorsqu'il est question de prendre un verre et de participer à de nouvelles polémiques.

— Le taxi, comme il prétend, demeure le meilleur moyen pour se déplacer dans cette ville. Aucun problème de stationnement sans compter que je n'ai pas à me taper, derrière le volant, un trafic exécrable. Sur le siège arrière, alors qu'autour de moi la centaine d'automobilistes s'impatientent, je lis tranquillement ou encore, j'en profite pour laisser libre cours à ma pensée.

Windthorn, véritable citadin, est fasciné par le monde urbain. Il ne va jamais à la campagne, la vie, « la vraie vie » selon lui, se passe en ville.

Pour ma part, j'ai déjà songé assez sérieusement à acheter une maison à la campagne. Bebert s'était mis dans la tête d'acheter avec moi un terrain et d'y construire deux chalets. Question convivialité, tout aurait bien fonctionné, Virna et Rachel s'entendent à merveille. Cependant, je ne suis pas vraiment manuel et je déteste le bricolage. Certes, je bricole, il le faut bien, maison oblige. Règle générale, je ne prends pas les devants. Lorsqu'il y a du travail à faire, j'ai tendance à procrastiner, à remettre à plus tard. D'ailleurs, Virna me le reproche assez souvent.

Le grand air me ferait sûrement un immense bien. D'autant plus que l'air des villes est de plus en plus vicié. Le nombre d'automobiles atteint des proportions alarmantes. Depuis quelques années le gouvernement annonce, au moyen d'avertissements, les problèmes reliés à la qualité de l'air. Des mesures civiles sont prises pour assurer le covoiturage même qu'à certaines périodes de l'été, les autorités policières vont jusqu'à donner des billets de contravention aux automobilistes qui voyagent seuls.

D'autres règles ont été aussi établies afin de restreindre l'utilisation de la voiture. Entre autres, certains jours, on autorise la circulation uniquement aux voitures munies d'une immatriculation impaire, alors que d'autres, c'est au tour des immatriculations paires. L'objectif étant de limiter le flot de circulation ainsi que la quantité de gaz carbonique projeté dans l'air. Or, les gens, aux dires de Windthorn, ont réglé le problème, enfin, ils l'ont réglé pour eux : Ils se sont procuré deux voitures, une munie d'une plaque d'immatriculation paire et l'autre, impaire… Comme si, l'environnement ça ne concerne que les autres.

Le monde est également de plus en plus malade.

— Dans les hôpitaux, poursuit Windthorn dans ses grandes élucubrations, il y a de plus en plus de gens ayant développé des maladies pulmonaires de toutes sortes. Principalement dans les édifices à bureaux, l'air circule uniquement une fois par mois. On retrouve donc quantité de champignons et de bactéries microscopiques qui collent à nos poumons. Au bureau, cette année seulement, plusieurs personnes ont perdu connaissance et ce, sans aucune raison apparente.

Tout de même, c'est un drôle de paradoxe : la longévité humaine, grâce à la science, a augmenté ces dernières années et de façon significative. De nos jours, vivre cent ans et plus est devenu chose courante. Or, à quoi bon de vivre longtemps s'il faut vivre malade? Je suis effectivement en mesure d'admettre que notre système n'est pas parfait, même qu'il est loin d'être parfait. Pendant qu'on s'empoisonne tranquillement, on évolue, selon Windthorn, dans une véritable société stérilisée, qu'il qualifie aussi de société « M. Net ».

— L'hygiène individuelle est devenue une véritable obsession. Cette société de la savonnette ne demeure hygiénique seulement qu'en apparence. La société de consommation et de production de masse entraîne aussi une production démesurée d'ordures. La planète devient tranquillement une énorme poubelle industrielle. À tour de rôle, les pays, dans une interminable valse, tentent de s'envoyer les déchets toxiques car il n'y a plus d'endroit où les entreposer. L'initiative de nouveaux moyens pour éliminer ces ordures est applaudie mais on espère que ces nouveaux moyens seront utilisés ailleurs, dans d'autres pays que le nôtre.

« Fait encore plus inquiétant est sans doute la négligence quant à la disposition et au traitement des déchets biomédicaux. Ainsi, les gens susceptibles d'être de plus en plus malades, le nombre d'ablation de cancers, de tumeurs de toutes sortes, ne cessent d'augmenter.

« Les hôpitaux, poursuit-il, regorgent de ces déchets

biomédicaux et doivent, pour assurer le traitement de ces mêmes ordures, embaucher des entreprises spécialisées dans le domaine. Un journaliste indépendant a découvert que certaines de ces entreprises utilisent littéralement des bancs de scies à viande pour déchiqueter ces déchets toxiques!

Inquiétant, fort inquiétant, dois-je avouer. Alors que la conversation bat son plein, ou plutôt, que l'on écoute le long monologue de Windthorn, j'observe O'Weary pendant quelques instants. Le dos courbé, une eau Perrier à la main, il écoute, en ajoutant un mot à l'occasion. Il est sans contredit, l'exact opposé de notre révolutionnaire. Et ce, à tous les niveaux. Généralement replié sur lui-même, sa voix, ou plutôt le mince filet enroué qui caractérise le son de sa voix, se heurte, presque sans événement, sur celle de Windthorn. Toujours très effacé, O'Weary est, selon notre gauchiste, la réplique vivante du vieux dicton : à chaque jour suffit sa peine. Depuis quelque temps, Windthorn, qui ne lâche jamais sa prise, a décidé de le décoincer en tentant de l'impliquer davantage dans la vie. Défi de taille car, pour O'Weary, une vie active se résume par la visite hebdomadaire qu'il rend à la bibliothèque municipale ou encore, à la messe le dimanche, lorsqu'il accompagne sa vieille mère. Et Windthorn, à son égard, ne fait pas de quartier.

— Tu es du type psychopathe, psychotique, le genre de mec qui en vient à entretenir une double vie. Secoue-toi parbleu! Arrête de subir! Goethe écrivait à cet effet qu'au commencement, il y a l'action! Et moi je te dis, ajoute-t-il en hurlant littéralement un texte de Hemingway : « Vaut mieux mourir debout que de vivre à genoux! »

En ce sens, force est d'admettre, Windthorn fait ce qu'il prêche. Pour lui, la vie n'est qu'une grande lutte, un ultime combat dans lequel il faut s'attarder sans cesse à améliorer la condition humaine. Véritable défenseur de la veuve et de l'orphelin, surtout s'ils font partie du prolétariat, Windthorn ne perd aucune occasion pour s'attaquer au système politique et économique. C'est le combat de toute une vie, de toute sa vie, et comme dans le cas de chaque combat, il y a toujours un prix à payer. Et Windthorn a payé, chèrement payé.

Derrière cette vigueur et cette passion des mots, derrière ce feu ardent, je perçois dans la lumière de ses yeux, le prix d'une lourde vie à contre-courant. L'échec de son mariage, justement à cause de son militantisme excessif, lui pèse encore sur le cœur. Une femme avec de jeunes enfants ne peut tout simplement pas vivre avec un homme qui laisse passer ses idéaux politiques avant le pain et le beurre. Depuis leur rupture, Windthorn n'a jamais revu ses enfants. Or, même si aujourd'hui il n'est plus membre en règle du Parti communiste, il demeure tout de même un sympathisant. Le communisme, depuis son apparition, a entraîné dans sa déchéance plusieurs familles en Occident. Écrivains et intellectuels ont sombré dans cette grande illusion. Il est très difficile de vivre à contre-courant.

Les verres se vident, un à un, tout comme le pub dans lequel nous sommes. La fumée des cigarettes se dissipe, la fatigue s'installe peu à peu. Il est bientôt temps de rentrer.

V

Lundi... sacré lundi.

Alors que je franchis la porte en toute hâte, essayant de ne pas me prendre les pieds dans le chien, je ramasse ma serviette sur le banc dans le hall d'entrée et cours en direction de l'arrêt du bus. C'est quand même curieux que le clébard se retrouve toujours dans mes pattes! En entrant dans le bus, je ne peux que constater le regard amusé des nombreux passagers qui semblent reconnaître la fâcheuse habitude que j'entretiens. Presque à chaque matin j'arrive en trombe, en sautant littéralement sur le marchepied. Le chauffeur me reconnaît, attendant toujours patiemment, en esquissant un sourire. Depuis le nouveau gouvernement, une chose n'a pas changé : Il y a toujours le même nombre insuffisant d'autobus aux heures de pointe et par conséquent, je dois faire le piquet dans l'allée, anticipant désespérément les gestes brusques du chauffeur, tentant autant que possible de ne pas me retrouver face contre terre. La soirée de samedi me pèse encore sur le corps, davantage sur l'estomac. Je n'ai pas l'habitude de sortir si tard, même les week-ends, mais surtout de boire autant. Je crois cependant ne pas avoir abusé. Quatre à cinq whiskys dans une soirée n'est certes pas trop. Toutefois, cette courte escapade a fait en sorte qu'hier, je me suis traîné toute la journée.

Virna, toujours débordante d'énergie, avait prévu un horaire chargé au jardin et, évidemment, son plan d'aménagement extérieur prévoyait ma contribution. L'écume à la bouche, tel un mort vivant, j'ai transporté sans relâche des voyages et des voyages de terre noire sous l'œil avisé de ma femme qui coordonnait les opérations. Chaque pas, dans ma tête, résonnait tel un tambour qui marque la marche vers la potence alors que les boyaux de mon intestin s'agitaient sans cesse au son des clips et des claps.

Visiblement, je n'ai rien manqué de la veille. Virna, qui cherche sans cesse à temporiser mais surtout à m'intéresser sur ce qui se passe dans sa famille, me raconte systématiquement tout ce qui a été dit par sa mère. En fait, ma belle-mère joue le rôle d'une véritable courroie de transmission dans la famille Russells. Avec elle, il est pratiquement impossible d'être surpris par quoi que ce soit. Disons-le, elle veille au grain. Si bien, que lorsqu'on rencontre le reste de la famille, on n'a absolument rien à se raconter. Enfin, inutile de dire qu'après cette longue et pénible journée, sitôt 19 heures sonnées, j'étais littéralement assommé, ayant juste assez de force pour m'allonger sur le sofa du salon. Le calvaire n'était toujours pas terminé, j'ai dû marcher avec le chien... En jetant un regard par la fenêtre du bus, j'aperçois une des nombreuses publicités sur les *Patriots*. Je ne peux que me rappeler le match que j'ai vu samedi et surtout, de me remémorer le moment symbiotique que j'ai vécu avant la partie, lors du chant de l'hymne national. Sans doute, me suis-je laissé emporter, pendant un instant, par la foule, ou encore par le charisme et le charme indéniable du Président de la République. D'ailleurs, le nouveau gouvernement, le vent dans les voiles, capitalise beaucoup sur son chef. Harden est partout, ne manquant pas une occasion d'être vu. Même que la télévision d'état lui consacre quotidiennement un temps d'antenne. Son allocution passe toujours vers les 19 heures, l'heure où nous avons l'habitude de nous mettre à table. Harden n'a rien perdu de son charisme depuis son élection. Même que s'il continue ainsi, il pourrait rafler le prix de l'homme le plus séduisant au pays. En tous les cas, les femmes l'adorent, si je m'en tiens aux dires de Virna qui demande sans cesse à tout le monde de la fermer lorsqu'il s'adresse à la nation. Dans un élan de force et de conviction, Harden lance des phrases empreintes d'un tel patriotisme, patriotisme que nous ne connaissions pas dans le passé :

— *Citoyens, vous avez le devoir d'être fiers de notre patrie. Notre patrie, poursuit-il, c'est notre mère et vous devez vous en préoccuper avec le plus grand soin. Partout autour de nous, les autres nations nous regardent, nous dévisagent avec jalousie. Notre pays fait des envieux. Nos universités sont parmi les plus convoitées au monde. Même notre équipe de football nationale témoigne de notre supériorité en raflant systématiquement tous les honneurs. Nous avons le devoir et la responsabilité de demeurer les meilleurs.*

À tous les jours, le Président répète que nous faisons partie d'une nation exceptionnelle, qu'il faut s'accouder et sortir le pays de la crise, crise dans laquelle la grande bourgeoisie nous a jetés avec le concours des partis politiques traditionnels. Plein de conviction, Harden parle avec passion du pays qui, pour la première fois, et j'en suis encore étonné, me rend particulièrement fier. Certes, on pourrait l'écouter discourir pendant des heures. Sa voix, chaude et enivrante, qu'il marie à des gestes brusques et plein d'entrain, aide à faire ressortir ce qu'il y a de meilleur en nous. C'est fort rassurant de l'écouter parler. On a l'impression de faire partie d'une grande collectivité, d'une grande famille. Le personnage traverse l'écran, vient s'asseoir avec nous dans la cuisine et devient, contrairement aux autres hommes politiques qui sont passés dans ce pays, un véritable être humain, fait de chair et d'os. De leur côté, les journaux n'ont pas encore commencé à malmener le Président. Cela ne devrait cependant pas tarder. Dans ce pays, c'est devenu une tradition pour les médias de se payer la tête de nos élus. Même que le dernier Président conservateur a été drôlement écorché par les caricaturistes. Les journaux l'ont présenté entre autres, comme un valet au service de la grande bourgeoisie d'affaires étrangères, comme un être vil et corrompu. Au bureau, Brenda nous annonce en grande pompe que son avocat l'a demandé en mariage et ce, après seulement quelques mois de fréquentations.

— Vous savez, Mark est bien placé. D'ailleurs le Président Harden devrait être à notre cérémonie! lance-t-elle, le torse bombé, comme si elle s'apprêtait à exploser d'orgueil.

L'homme, ou plutôt le nouvel homme de sa vie, Mark Barmy, fait partie du cabinet-conseil du Président. Au début de la trentaine, le jeune avocat devrait aller loin dans la vie, aux dires de Brenda. Même que bientôt, elle entrevoit pour lui, un poste de ministre ou de sous-ministre.

— C'est un homme brillant, généreux, tendre qui me rend complètement folle! lance-t-elle avec un grande fébrilité.

Brenda a le don de s'emballer quelque peu. En fait, elle s'emballe toujours de la même façon pour tous les hommes qu'elle rencontre. Sa dernière flamme avant Barmy était un neurochirurgien. C'était, à l'entendre parler, l'homme de sa vie. Or, elle a rapidement déchanté lorsqu'elle a appris qu'il était marié avec trois enfants par-dessus le marché! Enfin, on verra bien. Depuis l'arrivée du Parti patriotique du peuple au gouvernement, les syndicats ainsi que certains groupes communautaires semblent sur le pied d'alerte. Courriers et courriels, comme c'était le cas quelques semaines avant l'élection nationale, sont devenus monnaie courante au bureau. En fait, on pourrait même dire qu'ils pleuvent à profusion. Les messages, ou plutôt des avertissements, commencent à laisser paraître un sentiment de crainte excessive qui donne des impressions de paranoïa sans fondement.

Très chers membres, le temps est venu pour nous d'unir nos forces pour empêcher les desseins néfastes de ce gouvernement. Le mouvement syndical a connu une histoire difficile, pleine d'embûches de toutes sortes. Le temps est venu pour nous de relever nos manches et de retourner aux barricades afin de protéger nos acquis.

Windthorn, probablement le plus susceptible d'entre tous, prend de plus en plus de place dans l'union, donnant très certainement le ton à l'association. Il prend aussi de plus en plus de place à la cafétéria, distribuant sans relâche une myriade de tracts et de pamphlets condamnant les nouveaux dirigeants. C'est à croire que le syndicat devient presque aussi psychotique que lui.

Alors que je prends ma place dans l'interminable file à la cafétéria, Windthorn m'apostrophe au passage.

— Les temps sont sombres, me dit-il dans une espèce de frénésie, presque à un cheveu de la paranoïa. L'avenir de ce pays laisse entrevoir une période d'agitation extrême. Le PPP est un parti qui aspire à museler davantage les libertés collectives.

— Windthorn, lui dis-je impatiemment en prenant un plateau de service, ne vivons-nous pas dans une société de droits? Ne sommes-nous pas protégés par des constitutions, l'une nationale et l'autre internationale? Il est impossible, voire impensable de tomber dans une telle situation.

— Réveille-toi bon sens! Ajoute-t-il derechef, il y a des choses qui se disent, des choses qui ont déjà changé. Jamais encore je n'ai senti autant de crainte auprès de mes camarades socialistes!

Windthorn, comme d'habitude, fait une lecture démesurée de la situation. Ses élans extrémistes font en sorte que partout il voit matière à crier au loup. Pour ma part, ce n'est pas ce que je retiens des faits et gestes posés par le gouvernement. Le Parti patriotique populaire cherche davantage à nous sortir de la crise et surtout, à mettre en place des mesures qui permettront d'en finir avec la corruption institutionnalisée entre les élus et la grande bourgeoisie. Oui les choses changent, mais elles changent pour le mieux et j'ai peine à comprendre que Windthorn n'admette pas cela. Et la preuve, dernièrement, le gouvernement a mis à la disposition de tous un système d'obligations, permettant ainsi aux gens de contribuer concrètement à la relance économique du pays. Les sommes prêtées servent actuellement au gouvernement à faire sortir la nation de la crise en subventionnant, entre autres, de grands travaux de réfection de routes, de construction d'aqueducs et de ponts. D'ailleurs, ce matin, le *Tribune* fait sa une avec une baisse du taux de chômage de l'ordre de 6% depuis les trois derniers mois! Malgré cela, Windthorn n'est toujours pas convaincu. Il ne regarde la société qu'à travers des lunettes socialistes, ou plutôt, à travers des lunettes communistes. Son obsession contre le système altère grandement à la fois son jugement et son raisonnement. Après le dîner, comme il fait beau, je décide de faire une promenade, question de m'oxygéner un peu. Le soleil, malgré l'air encore froid, réussit tout de même à me réchauffer. Les rayons frappent les immeubles, provoquant un jeu d'ombres et de lumières qui animent la grande métropole. J'ai pris rendez-vous ce soir, après le travail, afin d'en savoir davantage sur les obligations d'épargne du gouvernement. À ce moment-ci de l'année, je regarde toujours la possibilité de mettre un peu d'argent de côté. J'ai toujours épargné. Chez moi, je crois que c'est instinctif. C'est peut-être tout ce que je retiens de mon père.

— L'argent c'est la liberté, m'a-t-il déjà dit alors que je faisais mon entrée à la faculté. L'épargne, a-t-il ajouté, fait en sorte que tu peux décider d'arrêter de travailler par toi-même.

C'est tout de même curieux, mon père, lui, n'a jamais arrêté de travailler. En fait, il est mort avant même d'avoir pris sa retraite. Peut-être, malgré son absence, essayait-il de me dire quelque chose? Enfin, j'ai adopté rapidement ce comportement. Mon job d'été me servait uniquement à coller de l'argent et, pour moi, c'était chose facile. Tout comme aujourd'hui, j'étais peu enclin aux sorties de groupe. Certains de mes copains toutefois arrivaient souvent à la fin de l'été sans un rond. C'est le seul conseil que mon père m'ait donné, conseil peut-être qu'il a toujours attendu?

VI

Dure journée que le lundi.

Ce soir, c'est mon soir de bridge, je trouve donc la force nécessaire pour affronter la journée et même davantage. C'est fou comment les petites choses de la vie font en sorte que l'on retrouve en nous une énergie insoupçonnée. Les autres lundis soirs, c'est sur le canapé que je les passe, généralement claqué.

Je profite d'ailleurs de cette énergie supplémentaire pour aller, comme prévu, à la banque. L'endroit est à deux pas du bureau, sur le chemin que je prends pour rentrer à la maison.

La Bank of Trust est une véritable institution dans ce pays. C'est entre autres la banque qui fixe les taux d'intérêt et d'hypothèque.

Je suis un client régulier ici, compte tenu que je place de l'argent depuis fort longtemps. Mon conseiller financier, Ralf Usury, avec les années, est pratiquement devenu un ami. En fait, c'est fort utile d'avoir dans son entourage un conseiller financier. Et Usury est un maillon d'une longue tradition. Son père ainsi que son grand-père ont pratiqué le même métier.

— J'ai commencé à placer de l'argent à un âge très jeune, répète-t-il sans cesse. L'argent ne fait peut-être pas le bonheur mais il procure la liberté. En entrant dans son bureau, je ne peux que sourire à la vue d'une maxime, provenant d'un certain Edouard Bourbet, inscrite bien à la vue de tous ses clients :

L'argent c'est comme les femmes : pour le garder, il faut s'en occuper un peu ou alors... il va faire le bonheur de quelqu'un d'autre.

Je suis toujours amusé de le revoir. Extrêmement jovial et sympathique, il est en revanche aussi tendu et anxieux. Usury doit travailler, ma foi, 16 heures par jours. Toujours la main prête à décrocher le combiné, il ressemble à un fauve, prêt à bondir sur une opportunité financière.

— Bonjour Monsieur Baxter, que puis-je faire pour vous?

Alors que je lui explique le but de ma visite, il me regarde, nerveusement, l'esprit visiblement partagé entre ce que je lui dis et une certaine occasion d'affaires, ou encore, une information qu'il a oublié de transcrire.

—Ah! s'exclame-t-il, comme s'il m'écoutait attentivement, c'est une excellente idée!

En fait, je ne connais pas vraiment Usury. Il est difficile à connaître puisqu'il n'est jamais réellement présent. Tout ce que je sais de lui, c'est qu'il fait partie des meilleurs conseillers financiers de la Bank of Trust. Plusieurs autres conseillers ont d'ailleurs été formés par lui. Je sais aussi qu'il est marié, qu'il a des enfants et qu'il vit entre le téléphone, le téléavertisseur et le téléphone portatif.

— Les obligations gouvernementales sont fort intéressantes, commence-t-il, puisqu'elles permettront au gouvernement d'investir dans la communauté, en donnant du travail aux jeunes. Vous pourrez donc vous enrichir, tout en faisant votre part pour la collectivité.

Usury relate ainsi, à l'aide de grands concepts théoriques, les divers problèmes qu'a connus notre système économique, ces dernières années. Crises par-dessus crises, l'argent du pays a perdu beaucoup de sa valeur sur le parquet de la bourse internationale. Par conséquent, il est d'autant plus avantageux, selon lui, d'investir chez nous.

Évidemment, après avoir dépeint un portrait macabre de l'activité économique mondiale, Usury, comme tout bon conseiller financier, me rassure.

— Le gouvernement de Harden axe davantage ses activités sur le marché intérieur. Pour assurer une reprise économique, il demeure très sélectif sur le marché international, fermant le marché à certains pays. Rien n'est toutefois dramatique, poursuit-il en laissant passer une mince bouffée de fumée de cigare entre ses lèvres, au fond l'important, c'est de ne pas bouger, de ne rien vendre et d'attendre patiemment la progression.

La transaction faite, je repars sans perdre de temps en direction de la maison. Je dois marcher avec le chien avant le dîner, car ce soir, il sera beaucoup trop tard après le bridge.

VII

Ouf, libre...

La portière fermée, la clé dans le contact, je lance le moteur de la voiture. Je respire enfin.

Aussitôt le dîner terminé, je me suis de nouveau esquivé rapidement dans le but d'éviter les questions et les obligations de dernière minute. Les soirs de bridge, je ressens un véritable sentiment de liberté. C'est dans ces moments-là que je peux comprendre l'excitation de Bartok lorsque, durant notre marche quotidienne, je détache sa laisse pour lui permettre de gambader aisément sur les trottoirs.

Je me sens d'autant plus libre parce que c'est une des rares occasions où je prends la voiture, seul, sans devoir jouer les taxis au préalable. J'avoue qu'avec les obligations, j'ai tendance à me sentir parfois, moi aussi, en laisse.

Le soleil, encore saillant, se couche de plus en plus tard, signe indéniable que l'été est à nos portes. Sur le terrain de certains voisins, les tulipes sortent tranquillement de leur sieste hivernale et tapissent les devants de maison de rouge, de blanc et de rose.

En arrivant chez Bebert, je croise Rachel sur un départ. Survoltée, j'ai l'impression, à voir son regard s'allumer dès qu'elle me remarque, qu'elle m'attend, comme si elle souhaite m'annoncer quelque chose d'important.

— Nous allons chanter pour l'anniversaire de la République!

Les joues rouges et les yeux pétillants, Rachel, son cartable de chants sous le bras, ne porte plus à terre.

— Tu te rends compte Henry! Le Président a demandé à notre chœur de chanter pour le prochain anniversaire de la République! répète-t-elle presque à bout de souffle. N'est-ce pas excitant! La fête, qui se tiendra au Stadium, promet tout simplement d'être épique!

Certes, l'idée de chanter devant la nation demeure sans doute un défi intéressant pour qui fait partie d'un chœur. Je la félicite donc, en tentant de me montrer le plus enthousiaste possible. Ces derniers temps, la fibre patriotique semble se mettre en place partout autour de moi. C'est d'ailleurs un des changements apparents depuis l'arrivée du PPP au gouvernement. Mise à part les fréquentes apparitions du Président Harden à la télévision, les écoles ont commencé à mousser le sentiment d'allégeance au pays. Tiens, au collège Bradley, par exemple, la levée du drapeau n'a jamais été faite de façon systématique. Peut-être, durant les tournois de foot ou lors d'occasions spéciales, il nous arrivait de faire le salut au drapeau. Or, depuis quelque temps, la cérémonie du drapeau est devenue, aux dires de mon fils Karl, un rituel quotidien. D'ailleurs, les drapeaux du pays se multiplient, arborant maisons, édifices et même voitures. D'autre part, la fête nationale, depuis toujours, n'a jamais fait de véritables vagues. Un concert plein-air, quelques drapeaux et voilà tout. C'est vrai qu'à entendre parler Rachel, et surtout, à voir l'enthousiasme qui anime le Président, j'ai peu de peine à croire que la prochaine fête nationale sera tout un événement. J'ai seulement besoin de me remémorer le sérieux du match de foot de samedi dernier, soirée plutôt banale et sans événement à souligner soit dit en passant. Aux dires de Fallow, c'était la première fois qu'il y avait une présentation aussi grandiose à un match de foot. Or, avec la fièvre patriotique, c'est probablement parti pour devenir monnaie courante. Enfin, une chose est certaine, lorsque Virna apprendra la nouvelle, je devrai me taper la foule au Stadium ainsi que tout le bazar que cela implique. Il faudra aussi repousser les vacances au bord de la mer pour être présent à l'événement. Je regarde donc la voiture de Rachel s'éloigner et retrouve Albert, la tête dans le réfrigérateur, s'apprêtant à sortir les sandwichs et les crudités qu'il a préparés pour nous. Bebert peut faire absolument n'importe quoi dans une cuisine.

— Il faut être indépendant au foyer, me répète-t-il chaque fois qu'il vient jouer au bridge à la maison et qu'il constate, amusé, que c'est Virna qui prépare les plats. L'indépendance, c'est la liberté.

Je me demande souvent où il trouve le temps entre le boulot, la famille... D'autant plus que Bebert a trois enfants et qu'ils sont à peu près du même âge que les miens.

Toujours est-il qu'il adore faire la cuisine. Il dit que le succès, avant toute chose, repose sur l'imagination et l'état d'esprit.

— La cuisine, poursuit-il, c'est le *summum* de l'épicurisme! Le *nec plus ultra* de l'hédonisme!

Quant à moi, la cuisine a toujours relevé davantage du mystère. En fait, j'associe la cuisine aux laboratoires de chimie que je faisais au collège. Une seule goutte de trop et paf! Votre plat est ruiné! Je laisse donc ça aux autres, à ceux qui en maîtrisent la science.

Il y a certainement une question d'habitude et de culture. Chez moi, mon père ne faisait jamais de cuisine. À vrai dire, il ne faisait jamais rien dans la maison, à part le travail qu'il apportait du boulot. Enfin, je n'ai jamais eu l'occasion de cuisiner. J'ai habité chez mes parents tout au long de mes études à la faculté, pour ne quitter le nid familial définitivement qu'à mon mariage.

Il faut reconnaître que j'ai été chanceux de tomber sur une femme comme Virna. Véritable cuistot, nous recevions régulièrement, il y a de cela fort longtemps, les deux familles ainsi que des amis pour un garden-party. En tout, une soixantaine de personnes dans la cour à s'empiffrer allègrement. Il y eut une époque où ce genre de réception était possible. Aujourd'hui, avec le coût de la vie, c'est beaucoup trop dispendieux d'avoir à assumer tous les coûts. Les gens se contentent donc de se retrouver au restaurant, ou encore de partager les frais en apportant chacun une partie du repas. À mi-chemin dans l'escalier, alors que je descends les mains surchargées de plats, la sonnette retentit. La porte s'ouvre et seulement par le vacarme créé par des pieds impatients qui tentent de se libérer de la boue accumulée dans l'entrée de chez Bebert, j'arrive à reconnaître Bill. Le son de sa voix me le confirme. Bill a l'habitude de cogner longuement ses talons sur le parquet lorsqu'il entre quelque part.

Il est tout de même rassurant de connaître quelqu'un à un point tel que, avant même de le voir, ses gestes usuels le trahissent. C'est le cas entre Virna et moi. Après tant d'années de vie commune, il y a comme des ondes qui nous unissent, une certaine complicité qui va bien au-delà des mots et des gestes.

Ma femme dit qu'elle arriverait à me reconnaître des lieues à la ronde. Chose certaine, elle me reconnaît chaque fois que j'entre à la maison. C'est que j'ai la fâcheuse manie de toujours échapper mes clés en sortant de la voiture, ou encore sur le marche-pied avant d'ouvrir la porte d'entrée. À chaque fois c'est la même chose, c'est comme un rituel pour lequel je suis innocent. Virna se moque bien de moi.

Cependant, il y a pire : il semble que j'ai laissé cette mauvaise habitude à ma fille Elena. Elle me ressemble beaucoup, en tout cas, en ce qui a trait au caractère. Pour le reste, on jurerait une copie conforme de sa mère à l'époque où je l'ai connue. Aussi réservée et peu encline à la discussion que je puis l'être, Elena s'occupe de sa petite affaire sans jamais faire de vague. En fait, il est pratiquement impossible de se disputer avec elle. Je parle pour moi car ce n'est pas le cas avec Virna. Lorsqu'elle s'emporte, ma femme dit, en parlant d'Elena, qu'elle a « les qualités requises pour devenir une parfaite fonctionnaire ». Tout comme moi, Elena laisse passer. On ne fait pas les enfants de quelqu'un d'autre… Tous installés autour de la table, Bebert brasse le premier tour. George nous annonce en grande pompe qu'il commence à regarder pour l'achat d'un voilier tandis que Bill ferme définitivement son téléphone portatif pour la soirée.

— J'ai l'œil sur un 32 pieds! Le type que je dois revoir demain m'a fait une offre que je peux difficilement refuser.

George, visiblement surexcité, ressemble à un enfant à qui l'on a promis un jouet.

— On se payera du bon temps. On se fera des week-ends de bridge sur l'eau! répète-t-il avec conviction.

On conclut donc, tous ensemble, de se rejoindre le premier été où il aura son voilier, question de mettre notre plan à exécution.

— Je me demande, de rajouter Albert d'un ton sarcastique, si Bill se sera débarrassé enfin de son téléphone cellulaire.

— Impossible. Dans mon livre à moi, Bill ne sort jamais sans son téléphone. Le travail oblige.

— Le cabinet Token, Handsel et associés, répond Bill, en tentant de se justifier, ne me paie pas pour mes beaux yeux. Je dois continuellement être disponible, c'est une question de gros billets!

Bill fait partie de cette race de monde qui travaille continuellement. C'est d'ailleurs pour cela qu'il est seul aujourd'hui et ce, depuis toujours. Même s'il affirme régler quatre-vingt dix pour-cent des cas par téléphone, il n'en demeure pas moins qu'il travaille tout le temps. Il va même jusqu'à faire du vélo stationnaire avec son portatif en poche! Certes, il lui arrive de temps à autre de s'acoquiner avec une collègue de travail ou encore, une de ces jeunes « créatures » qu'il rencontre à l'occasion au centre de conditionnement physique. Cependant, c'est toujours de courte durée. Générale-ment, après quelques rendez-vous manqués, quelques tentatives de faire coordonner les agendas et à la suite de nombreux « au revoir » au bout d'un cellulaire glacial, la relation s'estompe et Bill se retrouve seul une fois de plus.

La fumée des cigares envahit peu à peu la pièce, dégageant une odeur devenue avec les années une véritable source de réconfort pour chacun d'entre nous. Sincèrement, je crois que c'est le seul endroit où même Bill arrive à se détendre. Ici, je sens chez lui un relâchement, comme si, dès la première bouffée de cigare, il pouvait enfin baisser son armure. Dur métier que celui d'avocat, surtout dans le droit des affaires.

— Dans mon domaine, poursuit-il, le temps c'est vraiment de l'argent.

Bill ressemble un peu à Windthorn, je veux dire, dans sa façon d'attaquer la vie. Alors que c'est la doctrine qui conditionne les faits et gestes de Windthorn, le travail en revanche fait de même avec Bill. Parce que pour ce qui est de la conception du monde et du système dans lequel nous évoluons, les deux hommes sont réellement aux antipodes. Les asseoir à la même table donnerait sans contredit un mélange détonnant!

— Bill, lance Bébert, Henry t'a mentionné que le syndicat des employés du ministère poursuit sa propagande contre le gouvernement de Harden?

Albert a toujours eu peur que je trouve les soirées longues, alors il parle pour moi. En fait, je crois qu'il tente désespérément de m'intégrer, de m'insérer dans les conversations. Il procède toujours de la même façon : « Henry, raconte nous le moment où... Henry ne t'a pas mentionné ceci ou Henry ne t'a pas dit cela?... » Il place quelques mots, quelques phrases, en espérant que je prenne le relais ou que l'on s'intéresse à ce que je pourrais bien penser. C'est que mon silence dérange.

Et je vis la même chose avec Virna à la maison. Ma femme, et surtout ma belle-mère, le perçoit comme un signe d'indifférence. Or, des mots, je pourrais en dire et en redire, question de meubler les soirées. Cependant, je n'éprouve pas le besoin de parler. Je me contente seulement d'écouter, d'observer. Cela m'a toujours été beaucoup plus profitable. Il faut dire aussi que je n'ai jamais été un habile orateur. C'est un peu pour cela que j'ai choisi la fonction publique. Dans les groupes et les diverses associations pour lesquels j'ai été mandaté, j'ai toujours pris le rôle de secrétaire ou encore de trésorier. Moi je m'occupais des chiffres alors que Bébert, lui, s'occupait du reste.

Question syndicat, il n'y a rien de nouveau. Traditionnellement, le syndicalisme s'est toujours affiché contre les gouvernements en place. Bill, qui les côtoie souvent dans le cadre de son travail, dit qu'ils sont probablement plus réactionnaires et contre le changement que toute autre organisme paragouvernemental.

— Les syndicats sont devenus de véritables institutions. Leurs revendications servent uniquement à s'assurer une place de plus en plus grande dans l'appareil décisionnel de l'État.

Le nouveau gouvernement, selon Bill, accorde par ailleurs une place plus importante aux corporations de petites et moyennes entreprises qu'aux unions de travailleurs déjà en place, ce qui ne fait pas vraiment l'affaire des syndicats.

« Il était grand temps qu'on fasse quelque chose dans ce pays, ajoute-t-il. Notre société est à la merci d'une poignée de leaders syndicaux qui, assoiffés de pouvoir, pour une raison ou une autre, paralysent systématiquement le libre cours de l'économie nationale. Maintenant, avec le Conseil national des corporations, l'État, le patronat et les représentants des travailleurs cherchent ensemble à coordonner les activités économiques du pays et règle les rapports patrons et employés.

Dans un long discours caustique, Bill n'oublie surtout pas d'ajouter un commentaire mordant par rapport aux socialistes.

— Ah ces gauchistes… de pauvres utopistes! Il faudrait les redescendre sur terre! Ils travaillent pour une révolution prolétarienne, révolution pour laquelle ils veulent liguer les ouvriers contre le capitalisme. Ces mêmes ouvriers, que deviennent-ils après le renversement du système? Quelle alternative leur réserve-t-on? Ils continueront toujours à travailler, sans relâche, inlassablement. Cependant, le patron ne sera plus le bourgeois, ni le grand capital car le prolétaire travaillera maintenant pour l'état, sous les ordres d'un autre groupe de privilégiés, une nomenclature qui remplacera la grande bourgeoisie. Qu'est-ce qui aura changé en bout de ligne? Du pareil au même! Car, travailler pour l'État ou pour la bourgeoisie, c'est tout de même travailler! Du moins, le travailleur, chez nous, peut tout de même jouir de son argent en se procurant les choses matérielles dont il a besoin!

Laissant échapper une grosse bouffée de cigare, Bill poursuit :

« Et quoi dire des communistes? Regardons en URSS, la Révolution soviétique n'a apporté que chaos et déchéance. Quelque 4 millions de morts annuellement entre 1917 et 1921 sous Lénine. Avec l'avènement de Staline, durant la guerre et la collectivisation agraire, le chiffre, pour les années 1939 et 1945, doit être multiplié par trois! Or, si le capitalisme, termine-t-il avec ironie, est l'exploitation systématique de l'homme par l'homme, en revanche, le communisme, c'est l'exact contraire!

Bill est un joueur absolument imperturbable. Alors qu'il passe tranquillement au vitriol tour à tour le socialisme, le communisme et la gauche en général, il réussit tout de même à faire son contrat, évidemment, au grand plaisir de George qui joue avec lui.

— Bravo Bill! s'exclame Bebert avec conviction, je dois reconnaître que tu es l'as des as! Je jette mes armes, tel Vercingétorix, aux pieds de César!

Un large sourire aux lèvres, alors qu'il ramène tranquillement la tête en avant, Bill laisse paraître des rides, véritables fossés, qui restent maintenant en permanence.

— Certes, le gouvernement de Harden, ajoute Bebert, ne ménage rien pour sortir le pays de la crise. Les mesures financières entreprises pour assurer, entre autres, du travail aux jeunes semblent très bien fonctionner. Le recul général du taux de chômage des six derniers mois demeure un fait incontestable.

— De plus, précise Bill en avalant rapidement une gorgée de bourbon, les entreprises sont invitées à prêter des sommes d'argent au gouvernement, sommes dont les intérêts sont loin d'être négligeables. Voilà des mesures concrètes contre la récession!

Certaines de ces sommes d'argent sont également utilisées dans la recherche et le développement, entre autres, dans le domaine médical. De fait, le gouvernement de Harden investit des sommes importantes pour la recherche sur le clonage. Le clonage pratiqué sur les animaux n'est plus un mystère et est devenu chose courante. Un groupe de généticiens et de médecins tentent actuellement de reproduire, à partir de cellules humaines, des organes complets. Selon George, la réussite d'une telle expérience allongerait considérablement la vie humaine puisque le malade n'aurait plus de problème de compatibilité lors d'une transplantation quelconque. Il suffirait donc, à partir d'une cellule d'un même individu, de reproduire l'organe nécessaire à sa survie.

— Et que fera-t-on, s'exclame George, en me donnant un coup de coude, lorsqu'on pourra créer plusieurs répliques de ta belle-mère ?

Tous s'esclaffent de rire alors que cette perspective cauchemardesque me traverse l'esprit. Jusqu'où irons-nous avec de telles possibilités?

Troisième partie
L'étouffoir

I

— Chéri, tu veux m'apporter le téléphone?

La voix de Virna me tire d'un profond sommeil. Bien installé sur la véranda, le journal à la main, je me suis assoupi, l'espace d'un moment, pendant que Virna travaille tranquillement au jardin.

Je commence tout juste mon congé estival. En tout, six semaines à ne rien faire! Enfin, presque rien. Mises à part les quelques obligations de routine, dont, notamment, faire les courses et reconduire les enfants à gauche et à droite, je vais, pour la grande majorité du temps, rester paisiblement sur la véranda à regarder le temps passer. J'ai prévu aussi, comme à chaque année, une petite semaine au bord de la mer et pour la première fois cet été, le rendez-vous de bridge avec les copains sur le fameux voilier de George.

Les vacances sont certes les bienvenues. Surtout que depuis quelque temps, c'est assez complexe au bureau. Brenda Faithful, ou plutôt Madame Brenda Barmy a obtenu depuis peu une promotion qui ne fait certainement pas l'unanimité. Elle est devenue, et ce, presque subitement, directrice du traitement comptable, en l'occurrence, notre superviseure à tous. Rapide ascension, dois-je le dire, puisqu'un bon matin, un mémo de service traînant sur le bureau de tous et chacun, annonçait ce changement soudain dans l'organigramme :

« Chers collègues,

Veuillez prendre note que dorénavant Madame Brenda Barmy occupera le poste de directrice du traitement comptable et assurera le suivi quant aux activités de gestion

financière du Ministère du revenu.
Cette mesure a été prise dans l'intérêt de tous les employés
et contribuera à faciliter la tâche de chacun .
Nous sommes confiants que Madame Brenda Barmy
remplira son mandat avec une attention soutenue.
Soyez enfin assurés de notre entière collaboration.
La direction. »

Cette décision est d'autant plus étrange puisque, dans l'unité, nous sommes tous des cadres intermédiaires et que jusqu'à maintenant nous avions toujours fait cavaliers seuls, relevant directement de la direction générale. Inutile de dire que ce changement ne plaît pas à tous.

Au bureau, les ragots et les commérages ont toujours fait partie du quotidien. Je n'ai jamais porté vraiment attention aux racontars. Je crois sincèrement que cela fait partie tout de même d'une bonne ambiance de travail. Or cette fois-ci, les commentaires que j'entends me poussent à croire qu'il y a véritablement anguille sous roche. Même O'Weary, d'ordinaire discret et effacé, semble vouloir commenter la situation, en me regardant gravement au dessus de ses lunettes épaisses.

Pour ma part, cela ne changera pas vraiment mes habitudes de travail. Après vingt ans au ministère, je sais ce que j'ai à faire mais surtout, je sais ce que je ne veux pas faire. En fait, je n'ai jamais aspiré à un poste de direction. Certes, même si l'augmentation de salaire demeure toujours intéressante, il n'en reste pas moins qu'il faut aussi prendre toutes les responsabilités que cela implique, sans compter les heures supplémentaires, ce que je refuse de faire. La radio que Virna a placé sur la véranda, annonce le spectacle de la fête nationale prévu pour ce soir au Stadium, tandis que je transporte maintenant quantité de chargements de terre. Chaque fois que Virna travaille dans le jardin, il est immanquable que je doive y participer. Ma femme est très active, elle adore organiser, en l'occurrence, nous organiser, les enfants et moi, sans oublier le chien. Comme prévu, lorsque Virna a appris que Rachel chanterait lors de la fête nationale, sa réaction fut presque instantanée.

— Chic, nous serons de la partie!

Virna aime beaucoup les fêtes. En fait, elle s'emballe souvent pour nous tous. « Nous ferons ceci, nous irons là », dit-elle en se trémoussant, telle une enfant ayant de la difficulté à tenir en place. Depuis quelque temps, tout semble être un prétexte pour introduire une parade militaire. Virna me dit que l'homme aime les gros engins de guerre, que c'est une façon pour lui d'assouvir ses instincts de pouvoir et de domination. Je me demande toujours où elle va chercher ces idées-là! Sûrement pas à la maison parce que chez moi, le roi c'est plutôt une reine! En fait, ma femme a toujours aimé prendre les choses en main, en me reprochant d'ailleurs de ne pas prendre ma place, de me laisser conduire.

— Tu ne prends jamais de décision, tu es toujours à la remorque de ce que je dis. J'aimerais, ne serait-ce qu'une seule fois, que tu décides de quelque chose!

Soit, je veux bien tenter de prendre une décision ici et là, mais à chaque fois que je m'y risque, elle est immanquablement mauvaise ou contestée. En l'occurrence, il y en a toujours une meilleure : la sienne. Ainsi, Virna a développé, depuis des années, l'art de me le faire savoir en douce. Ramenant sa belle chevelure brune sur le côté, en plaçant ses lèvres en forme de cœur, elle me dit, en relevant la tête : « Ah!... tu crois chéri que cela ira bien avec ceci? Tu penses qu'on pourra l'agencer avec cela? »... Et en bout de piste, mon idée est reléguée presque systématiquement aux oubliettes, complètement submergée par un de ses fréquents éclairs de génie. Au fond, ça m'arrange un peu puisque je n'ai pas vraiment d'opinion, une chose ou une autre m'importe peu.

De façon régulière, le gouvernement sort son arsenal de guerre. Jeeps, blindés et tanks circulent tour à tour entre les cris et les applaudissements d'une foule partisane. Certes, il y a depuis quelque temps un véritable engouement pour les forces armées. D'ailleurs, la télévision nous bombarde sans cesse de bandes-annonces, encourageant les jeunes à s'engager dans la défense nationale. Les murs de la ville sont placardés, littéralement tapissés d'affiches vantant les mérites d'une vie militaire. Dernièrement, et pour ajouter davantage à cette frénésie, quelques-unes de nos vedettes de football ont fait leur entrée dans la réserve des forces armées. La chose n'est effectivement pas passée sous silence. Le gouvernement s'est tout de suite empressé de déployer l'énergie nécessaire à la publication de ces gestes de patriotisme.

Le service militaire a toujours été la règle pour les jeunes dans ce pays. J'ai dû moi-même faire mon service. Mon père, trop occupé à travailler, n'a pas fait le nécessaire pour que je puisse m'en sauver. Or, je me suis demandé pendant long-temps que diable m'avait apporté la drille, les nombreuses nuits étoilées dans les tranchés de boue et le cri outrancier des sergents. Aujourd'hui, je suis cependant conscient que même si je ne revivrai plus jamais dans une fosse à attendre l'ennemi, j'en retire une certaine expérience. Ça me permet, entre autres, de relativiser les choses.

Fallow, pour sa part, est convaincu du bien de la chose. Lorsqu'il a appris l'engagement de ses idoles du foot, il s'est lui aussi empressé de clamer haut et fort :

— Ces jeunes footballeurs sont de véritables héros pour la nation, des inspirations vivantes aux yeux de notre jeunesse! Leur entrée dans la réserve démontre leur esprit patriotique ainsi que leur volonté de s'impliquer au sein de notre société!

Formé lui-même dans un collège militaire, Fallow s'ex-prime souvent avec les mots d'un sergent. En fait, lorsqu'il parle de la Défense nationale, il change complètement de phy-sionomie. D'un ton grave, en se redressant, droit comme un piquet de clôture, il utilise à profusion les mots « discipline », « rigueur » ainsi que « docilité » :

— L'armée initie nos jeunes à la discipline, à la rigueur et à la subordination. Il est important d'être capable de suivre une directive convenablement. Au travail, on a toujours quelqu'un qui occupe une fonction au-dessus de nous.

Alors que je m'éreinte à répandre la terre sur le terrain,

Wilbelieve, mon représentant et voisin, m'aborde ainsi :

— Belle journée, Monsieur Baxter! Dites-moi, aurons nous le plaisir de vous compter parmi des nôtres ce soir pour la fête nationale?

Portant toujours son éternel deux pièces bleus, et ce, malgré les lourdes chaleurs de l'été, Wilbelieve, en s'épongeant le front à l'aide d'un mouchoir, joue comme à l'habitude les inspecteurs de police. Depuis qu'il a été élu membre à la Chambre des représentants, il a délaissé ses activités d'observation à la fenêtre au profit d'une véritable campagne patriotique, tentant de convertir l'ensemble des résidents du quartier.

— Vous savez, il était grand temps que nous nous attardions à notre potentiel en tant que nation, me dit-il, absolument détrempé, pareil à une glace fondant au soleil. Nous avons le devoir d'être fier! Et malgré cela...

Soudain, son regard s'assombrit.

— Malgré tous ces changements, reprend-il avec amertume, il y a encore des gens qui demeurent insatisfaits.

Wilbelieve m'explique alors qu'une certaine contestation sociale se fait sentir, que de nombreux leaders sociaux ne partagent pas les vues du gouvernement. Certes, les leaders syndicaux, comme le prétend Bill, « se doivent de contester, même qu'ils s'en donnent un devoir, tout simplement parce qu'ils n'auraient aucune autre raison d'exister! »

Mais au fait, en a-t-il déjà été autrement? Je crois que c'est la norme.

Concrètement, ce ne semble pas du tout être le cas. Je dirais plutôt que, de façon générale, les gens sont satisfaits des mesures et des changements apportés par le nouveau gouvernement. Il est vrai que certains groupes, des marginaux dans l'ensemble, contestent ouvertement dans la rue, la présence du PPP dans la composition du gouvernement, mais sans plus. En fait, depuis les dernières élections, il n'y a eu aucun conflit de travail majeur.

C'est vrai que de nos jours, il n'y a plus de grandes manifestations sociales. Les gens sont trop occupés à gagner leur vie. D'un autre côté, il faut également reconnaître qu'avec le temps, qu'au cours de notre histoire, nous avons fait beaucoup de gains en tant que société. Il y a beaucoup de choses que l'on peut considérer dorénavant comme acquises. On évolue constamment, en avançant. De fait, certaines choses, faisant la norme dans le passé, sont complètement impensables aujourd'hui. On n'arrête surtout pas le progrès.

D'autre part, il y a aussi, avec cette fièvre patriotique, un véritable engouement pour le Président de la République. Partout, dans les cafés, les commerces, on retrouve des photographies de Harden. Sur cette photo, il paraît à côté d'un vieillard alors que sur une autre, il porte un enfant dans les bras. Ces photographies, en couleur ou en noir et blanc, occupent une place de choix dans la plupart des établissements. On remarque aussi, avec les nombreuses photos de toutes sortes, quantité de bustes à l'effigie du Président. Centres commerciaux, lieux publics recèlent de statues. Certes, Harden est apprécié. Surtout par les propriétaires de petits commerces.

D'ailleurs Monsieur Right, le propriétaire du dépanneur de notre quartier, voue une admiration sans bornes au nouveau Président de la République. Hier encore, alors que je m'arrêtais pour ramasser quelques litres de lait, il m'a entretenu assez longuement sur Harden.

— Le Président est un homme du peuple, soutenait-il avec conviction. Il sait ce dont les gens ont de besoin : du travail! Il ramasse les jeunes dans la rue et leur trouve un job!

Sans doute, Right demeure, dans le quartier, une des personnes les plus renseignées sur la vie de tous et chacun. En fait, si vous voulez savoir quelque chose sur quelqu'un, eh bien! il suffit seulement de faire un petit arrêt au dépanneur du coin.

— Il ne faut surtout pas attendre après les grandes entreprises pour régler les problèmes économiques Monsieur Baxter, ajoutait-il. Certes non! Tous des canailles! Ces grands bourgeois étrangers ne se soucient guère de nous! Ils se servent littéralement dans les coffres de l'état! Les problèmes économiques auxquels nous faisons face découlent de la collaboration des gouvernements traditionnels avec les intérêts étrangers!

Right croit lui aussi, comme plusieurs, à ce qu'il est devenu courant désormais d'appeler la « révolution Hardenienne ». En fait, le mot « révolution » prend de plus en plus de place dans le vocabulaire populaire. D'ailleurs, le PPP clame haut et fort, par une pléiade de slogans lancés, entre autres, contre les communistes, que « le temps des vrais changements est venu ».

Mort au communisme, cette grande illusion
Pour enfin accéder à la véritable révolution.

II

Bip! bip! biiiiiiiiiiiiiiiiiip!

Virna s'énerve, comme à chaque fois que l'on est coincé dans le trafic. Curieux tout de même qu'elle insiste pour que je prenne le volant alors qu'elle s'acharne sans relâche sur le klaxon, comme si c'était elle qui conduisait.

— Je déteste le trafic! me dit-elle avec impatience.

Il faut dire qu'elle prend la voiture toute la semaine et doit, par conséquent, se taper ce manège quotidiennement. Je dis quotidiennement car en ville, il est presque impossible de ne pas se retrouver dans le trafic. Les week-ends, question de lui permettre de se détendre, je m'offre, pour les rares occasions où l'on sort, de conduire la voiture. Or, je ne comprends toujours pas pourquoi les gens s'évertuent à appuyer sur le klaxon, comme si, subitement, cela arrangeait les choses. C'est sans doute une de ces nombreuses façons de se débarrasser du stress. La radio joue des airs patriotiques alors que nous tentons désespérément de rejoindre Albert et les autres au Stadium. Le programme de la soirée promet : au menu, le très prestigieux *Carmina Burana* de Karl Orff. Nous sommes évidemment en retard, comme c'est toujours le cas lorsqu'on doit se rendre au centre-ville et ce, indépendamment de l'heure à laquelle nous partons de la maison. La voiture finalement garée, nous nous précipitons en toute hâte vers notre point de rencontre. Albert, visiblement heureux de nous voir, nous accueille avec empressement.

— J'ai réservé des places de choix!

Avant de prendre ma place, je salue Bill et George au

passage, tous deux accompagnés. Bill nous présente sa dernière flamme, une avocate... Évidemment. Chose différente cependant; pour une fois, Bill est à l'heure. C'est comme ça chaque fois que notre juriste a quelqu'un dans sa vie. Il change toujours un peu, enfin, pour un moment. Le naturel revient toutefois rapidement et son égoïsme notoire reprend le dessus. C'est sûrement une autre raison pour laquelle il reste seul. Enfin, le compromis, Bill ne connaît pas. Sauf peut-être dans la pratique du droit. Le Stadium est décoré aux couleurs et aux effigies du parti. Quatre immenses banderoles, d'une dizaine de mètres chacune, tapissent le fond d'une vaste scène. Au centre, on a installé un immense emblème du parti. Sur cette effigie d'environ quatre mètres de diamètre, on peut lire les mots « vérité, intégrité et liberté », en quelque sorte, les slogans du Parti patriotique populaire.

Sur la scène, repose une petite estrade noire, où l'on retrouve aussi les armoiries du parti. De nombreuses gerbes de fleurs sont dispersées tout autour. Tout est symétrique, rien n'est laissé au hasard. À croire que le moindre détail a été méticuleusement étudié, calculé avec une grande précision. Il faut dire que le Président, et on le constate depuis son avènement, accorde beaucoup d'attention à l'esthétisme. Toujours tiré à quatre épingles, Harden n'apparaît jamais — et où que ce soit — sans se préoccuper de son apparence vestimentaire. Cette caractéristique ajoute d'ailleurs à sa cote de popularité. Particulièrement auprès de ma belle-mère qui se plaît, devant moi, à l'inclure volontiers dans sa liste de « vrais hommes ». Quelques centaines de militaires, tous en uniformes, s'animent sur la surface du terrain de football. Avec eux, on remarque aussi des enfants et des adolescents, appartenant aux « Jeunesses patriotiques du Président. » (JPP)

C'est que Harden a mis sur pied une association pareille à l'armée qui vise à former les jeunes en fonction des valeurs patriotiques et révolutionnaires du parti. Ces jeunes sont gradés selon un rituel qui leur est bien propre. Tous vêtus de blanc et de noir, ils défilent en rang d'oignon, levant le bras, bien haut, en signe de respect pour la nation.

Le Parti patriotique populaire a aussi édité un abcédaire complet intitulé : « Le guide du parfait militant ». Le livre a commencé à être distribué dans les écoles, les collèges et plusieurs jeunes garçons du Collège Bradley sont déjà membres de l'organisme.

Ayant inscrit ses deux garçons depuis peu, Fallow cherche à me convaincre aussi du bien que procure les JPP pour la jeunesse du pays.

— C'est bien d'occuper les jeunes, me disait-il avec conviction, ça les empêche d'avoir toutes sortes de mauvaises idées!

Pour ma part, comme je ne suis pas du genre à obliger mon fils à faire quoi que ce soit, j'attends tout simplement qu'il m'en parle, qu'il manifeste le désir de devenir membre. Je persiste tout de même à croire qu'avec le foot, il est, ou plutôt, je suis déjà fort occupé.

Au pied de la scène, plus d'une centaine de musiciens se préparent pour ce qui promet d'être le plus imposant des spectacles jamais vus pour souligner l'anniversaire de notre nation.

Autour de moi, les gens crient, hurlent sans cesse le nom du Président. Plusieurs d'entre eux portent des drapeaux et de grandes affiches avec le visage de Harden. D'autres, comme lors des matchs de foot, se sont dessinés l'emblème du parti sur le corps et sur le visage. La foule est composée aussi de plusieurs jeunes enfants. Des ballons, aux couleurs du PPP, ainsi que des friandises ont été prévus pour eux.

À observer les gens autour de moi, à sentir la frénésie, on aurait tendance à se croire à une finale de foot. Le son des grands cors de plastique rouge, bleu et jaune se fait entendre partout dans l'enceinte. Tout près de moi, certaines personnes discutent et y vont de leurs commentaires favorables au parti.

— Il était temps qu'on accorde un peu d'attention à cette nation, dit l'un alors qu'un autre considère Harden comme le véritable « sauveur de la classe moyenne ».

La lumière diminue soudain et de nombreux faisceaux bleus jaillissent de toute part et de tous côtés. Un chœur d'une centaine de personnes entame les premières mesures de l'hymne national. Le silence, un silence total, occupe soudain tout l'espace alors que la nation entière semble suspendue aux lèvres des choristes. Militaires, sections spéciales de l'ESURNA ainsi que Jeunesses patriotiques du Président se tiennent toujours droit, un bras levé, bien haut, en guise de salut au drapeau. Autour de moi, les gens sont debout eux aussi, droits comme des piquets. Même les enfants, dans les bras de leurs parents, imitent ce geste patriotique.

Le chœur double de volume alors que se prépare le « O fortuna ». Les tambours grondent sous les faisceaux de lumières rouges et orangés. L'immense gong, orné de l'emblème du parti, annonce que Rachel est devenue un membre officiel du chœur du PPP.

O fortuna
Velut luna
Statu variabilis
Semper crescis;
Vita destabilis
Nunc obdurat
Et tunc curat
Ludo mentis aciem,
Egestem,
Potestatem
Dissolvit ut glaciem[1]

---

[1] *O fortune*
comme la lune
état changeant
toujours tu croîs et tu décroîs;
la vie détestable
maintenant endurcit
et alors (elle) réconforte par le jeu
l'acuité de l'esprit
fait fondre l'indigence
et le pouvoir comme la glace
(traduction libre de l'auteur)

À cet instant, à cet instant même, un sentiment mitigé me traverse la peau. Un sentiment mêlé à la fois de puissance et de frayeur. Je n'arrive cependant pas à expliquer la nature de cet état de crainte. Dans cette communion nationale, cette sacralisation de l'état, je ressens un sentiment d'appartenance jamais exprimé auparavant. En vérité, je n'ai jamais été très expressif, encore moins patriotique, mais je le sens tout au fond de moi, présent, envahissant, à la fois terrifiant et rassurant. Je me retrouve donc debout, moi aussi, le bras levé vers le drapeau. Je ne peux pratiquement pas m'en empêcher. C'est comme si une force quelconque me poussait littéralement à me lever et à imiter les gens autour de moi. Je regarde Virna et les enfants un moment et je me sens soudain fort et fier. Dans cette exaltation patriotique, j'ai l'impression que nous versons tous dans un excès d'orgueil et de fatuité, que le reste du monde nous regarde avec crainte et envie.

Certes, depuis l'élection du PPP, notre société est entrée dans une grande période de bouleversements. Ces changements, entraînés par ce qu'il est commun d'appeler maintenant la « Révolution hardenienne » ne sont pas uniquement de nature économique. Le parti s'est donné le mandat de modeler l'image du citoyen idéal en véhiculant notamment une certaine qualité de vie. Le mot d'ordre est donc celui d'Aristote : « Un esprit sain dans un corps sain. »

Entre autres, il y a une véritable lutte menée contre l'obésité. Publicités et magazines, affichant des corps quasi anorexiques, ont annoncé le déclenchement systématique d'une guerre contre l'embonpoint. D'ailleurs chez moi, la cuisine est devenue un véritable champ de bataille. Virna, qui porte une attention obsessionnelle à son apparence, en accorde autant pour sa santé en s'infligeant des régimes draconiens de toutes sortes. Or, le plus dramatique, c'est qu'elle est convaincue que moi aussi j'ai à perdre du poids. Ainsi, l'excroissance que je traîne depuis quelques années doit subir elle aussi les attaques et les assauts des expériences gastronomiques de mon épouse. Ainsi, bouffe bio et pain maison font partie du quotidien alors que j'ai la ferme impression d'être un de ces rats de laboratoire sur lequel on pratique diverses expériences.

Cette image du « surhomme », véhiculée par le parti, s'attaque aussi à la cigarette. De fait, une véritable croisade antitabac a frappé la nation depuis quelque temps. Le gouvernement dépense des masses d'argent pour enrayer l'influence de la cigarette, devenue objet satanique et véritable fléau social. L'une après l'autre, les études crypto-scientifiques et pseudo-sérieuses fourmillent de partout. Certaines vont même jusqu'à dire que les fumeurs sont de mauvais amants ou qu'ils peuvent devenir impuissants! Chez les femmes, on accuse même la cigarette d'empêcher l'enfantement!

Récemment, un débat lancé dans les journaux affichait les résultats d'un sondage quant aux diverses maladies reliées à la cigarette. Près de 70% des répondants affirmaient que le gouvernement devrait forcer les fumeurs à payer plus cher lorsqu'ils ont recours aux soins hospitaliers.

La publicité sur la cigarette, devenue illégale, est maintenant totalement absente. Partout, dans les lieux publics et dans les édifices gouvernementaux, les fumeurs sont traqués. Perçus comme des tares, des problèmes de la société, ils ont été, lors de la mise en place de lois antitabac, à l'origine de plusieurs conflits dans les endroits publics.

Au bureau, les fumeurs doivent maintenant sortir dehors pour assouvir leur vice. Au début, un espace à l'intérieur était réservé pour eux mais rapidement, les choses ont changé. Windthorn, dont les griefs s'accumulent contre le gouvernement de Harden, fait malheureusement partie de ces fumeurs. Ainsi, lorsque les lois antitabac ont commencé à faire leur apparition, il a rapidement évoqué la charte des droits et libertés des individus.

— Les gouvernements n'ont pas le droit de s'immiscer dans la vie privée des gens! C'est un véritable outrage aux libertés fondamentales!

Windthorn aime bien faire le contraire de ce qu'on lui demande. Surtout lorsque les demandes sont faites par l'employeur, en l'occurrence, le gouvernement. En fait, c'est le genre de politique qui fait en sorte qu'il n'arrêtera pas de fumer de sitôt!

— Le fait de fumer ou ne pas fumer, poursuit-il, c'est l'affaire d'un individu et non d'une collectivité. Je n'ai rien à foutre de la société nourrie aux fibres équilibrées! Le jour où l'état contrôle et dicte les habitudes personnelles jusque dans les gestes quotidiens les plus simples, ce jour-là, eh bien! on est très près de la dictature!

Le concert arrive à sa fin alors que le chœur entame le « *Fortuna imperatrix mundi* ». Les gens autour de moi, silencieux, presque en communion solennelle, semblent du même coup, s'élever de complaisance. Un feu d'artifice grandiose mêlé à un tollé d'applaudissements accompagnent les toutes dernières notes. Les cris et les sifflements sont si forts que l'on a vraiment l'impression que le Stadium est tout près de s'écrouler.

Sur la scène, ça grouille de partout. Le chœur quitte tranquillement, laissant la place à un nombre de militaires de plus en plus important. Fantassins et musiciens s'installent, annonçant le début d'une autre de ces fastidieuse et habituelles parades militaires. Au son des tambours, le pas synchronisé des soldats résonne partout dans l'enceinte. Dans la foule, les gens agitent des foulards et lancent des fleurs en signe d'appréciation. Après l'armée, c'est au tour des sections spéciales de l'ESURNA et enfin, celui des Jeunesses patriotiques du Président de défiler devant nous. Très bien guindés, les jeunes patriotes marchent sous le regard fier de leurs parents.

— Regarde, c'est George! s'exclame ainsi une mère de famille tout près de moi, difficilement en mesure de dissimuler sa joie.

— Les parents peuvent être fiers de leurs enfants, me dit Virna avec conviction.

Or, la façon dont elle regarde les jeunes garçons qui paradent devant nous laisse entrevoir les projets qu'elle nourrit pour Karl. Virna a toujours aimé les uniformes. D'ailleurs, la première fois que nous sommes sortis ensemble, j'étais en permission. Je me souviens entre autres du regard qu'elle a posé sur moi lorsque je suis venu la chercher chez elle, la première fois. Mon père m'avait prêté sa voiture pour l'occasion. Je crois qu'il savait, malgré la montagne de travail qui lui servait de vie, que, quelque part, cette soirée allait être décisive pour moi. À cette époque, Madame Russels me considérait comme un bon garçon. Quant à Monsieur Russells, notre complicité légendaire se mit en place presque instantanément.

Le père de Virna avait lui aussi fait son service militaire et tout comme moi, il n'était pas très porté sur le militarisme. Je crois qu'il savait ce que j'en pensais et ce, sans même que j'aie besoin de lui en parler. Le drame, je veux dire pour ma belle-mère, c'est qu'on se ressemblait beaucoup. Je crois d'ailleurs que c'est un peu pour ça que Virna m'a choisi.

Monsieur Russells, de son vivant, était le souffre-douleur de sa femme. Mais depuis qu'il nous a quittés, il est devenu, du jour au lendemain, une espèce de modèle de l'Homme pour Madame Russels, un véritable dieu mythique. Je crois bien que, depuis, j'ai pris sa place comme bouc émissaire pour tout et pour rien.

Sous le son retentissant de quatre grands coups de canon, la marche s'immobilise. Les soldats, en silence, se retournent, les yeux rivés vers l'entrée à droite de la scène. Les deux immenses portes s'ouvrent alors que les soldats lèvent le bras, tous en même temps, faisant le salut devenu presque traditionnel.

Une voiture noire, décapotable, fait ensuite son entrée, escortée par une dizaine de motocyclistes. Le Président, assis sur une banquette surélevée, salue fièrement la foule. Harden, pour la première fois, porte lui aussi un uniforme militaire.

Sur la scène, il prend place, tout près des généraux qui sont venus le rejoindre. À nouveau, un silence monastique s'empare du Stadium presque instantanément alors que le

Président de la République s'apprête à parler à la nation :

« *Citoyens, citoyennes,*

L'heure est venue de montrer au monde à la fois la grandeur et la puissance de notre nation. Longtemps nous avons laissé la voix aux ennemis du peuple, aux communistes, aux anarchistes. Longtemps, ils ont parlé, longtemps, ils ont critiqué. Ces activistes ont prétendu, mais rien de plus. Ils ont parlé de révolution, ils ont invoqué le changement. Or, je vous le demande, citoyens et citoyennes, qu'ont-ils réellement fait ? Absolument rien. Ces activistes, ces suppôts de Satan, ont travaillé contre la prospérité de notre nation. Au nom de grandes théories sociales, ils ont été prêts à sacrifier notre mère patrie pour des idéologies. Des utopies, que des utopies !

Ces activistes sont en réalité les ennemis de notre nation, ceux et celles qui cherchent par tous les moyens de l'anéantir!

Or, voilà seulement quelques mois que notre parti est au pouvoir, et déjà il y a des changements, des changements concrets. La révolution sociale patriotique prend de plus en plus d'envergure parce qu'elle rejoint les besoins de tous et chacun, parce qu'elle colle à notre réalité. Déjà, dans les écoles, dans les garderies, les jeunes embrassent ces changements. Nous voulons que vous, chacun de vous, soyez fier de votre patrie. Que vous vous regardiez dans le miroir avec un sentiment d'appartenance et de distinction. Nous voulons être fiers de vous!

Déjà, plusieurs pays ennemis tremblent à l'idée de nous savoir debout. Le grand capital étranger frissonne de terreur à l'idée que nous puissions faire front commun ! Cette grande bourgeoisie qui, tel un cancer, s'empare des structures sociales et économiques, est terrifiée par l'idée de nous voir descendre dans la rue et prendre en main notre destinée.Nous ne sommes pas à l'abri. Il y a, au sein même de notre communauté, des traîtres, des gens qui travaillent pour le grand capital ou pour leur propre intérêts. Pour accomplir notre destin patriotique, nous devons traquer ces traîtres, ces collaborateurs. Nous devons les débusquer, les condamner... »

J'ai la ferme impression que nous passons à une autre époque, que nous sommes à la croisée des chemins, que les choses ne seront plus jamais les mêmes. Je lève les yeux et regarde autour de moi, les gens s'abreuvent des paroles du Président. Chaque pause est soulevée par un raz-de-marée d'applaudissements. Debout, au beau milieu de cette foule, une étrange sensation m'habite, comme si les espoirs de toute une nation s'assombrissaient soudainement sous un coup de l'immense gong. Je croise le regard de mon fils Karl et un frisson glacial me traverse les os.

III

— Henry, n'oublie surtout pas de faire laver la voiture!
Ça y est. C'est le moment. Un des moments que j'attends
chaque année avec impatience. Le moment où je pars pour la
mer. Un fond de café en main, je tente de figurer comment diable
vais-je placer dans la voiture la multitude de bagages et
d'accessoires prévus par ma femme. Certes, ça doit bien faire
quinze ans que nous allons toujours au même endroit pour
les vacances. Malgré ça, Virna cultive de l'insécurité, passant
et repassant systématiquement, liste en main, le matériel et la
panoplie d'objets qu'elle considère indispensable à notre
périple. Curieusement, au fil des années, la liste des choses
« essentielles » tend à s'allonger alors qu'elle devrait nécessairement raccourcir. La station d'essence, à quelques pâtés
de maisons, dispose de tout un système de lave-auto
électronique. Petit, j'avais l'habitude de m'imaginer debout,
prisonnier de ces immenses brosses qui me bardassaient sans
cesse. La peur me prenait aussi quant j'entendais le son
cauchemardesque de l'espèce de séchoir géant qui faisait
claquer les essuie-glaces. C'est à ce moment-là que je
m'enfonçais littéralement dans le siège arrière de la voiture
de mon père. Bartock, pour sa part, ne semble pas faire de
drame même si les brosses font un bruit infernal en frottant et
en récurant la voiture. Si je suis heureux de partir en vacances,
eh bien! je crois que le chien l'est davantage. En fait, dès
qu'il a la chance de faire un tour de bagnole, notre gros saint-
bernard s'agite. Évidemment, il est toujours hors de question

que je parte sans lui, ne serait-ce que pour aller chercher un litre de lait.

À la radio, on entend la *Marche hongroise* de Berlioz. Depuis la dernière fête nationale, la station radiophonique d'état fait jouer de plus en plus de compositions à saveur militaire. Les Tchaïkovski, Chostakovitch envahissent les ondes. *Carmina Burana*, une des pièces préférées du Président, est devenue pratiquement un second hymne national au pays. Avec toute cette musique, Windthorn, s'il était ici, me dirait sans doute qu'on se croirait en guerre. Après avoir entassé le trop-plein nécessaire, c'est au tour des enfants de s'installer dans la voiture pendant que Virna y va de ses dernières recommandations à Madame Marple, une voisine qui veut bien s'occuper du courrier et des plantes durant notre absence. Surtout que depuis quelques années, notre maison est devenue un véritable jardin botanique. Si Virna transforme régulièrement la cuisine en laboratoire, il faut voir aussi le reste de la maison! En fait, chaque pièce possède sa petite plante. Ainsi, fleurs, vivaces et cactus envahissent chaque coin de notre demeure. Et comme si ce n'était pas assez, ma femme s'est fait aménager une pièce où elle y va d'expériences en expériences, coupant des tiges, faisant des boutures par-ci et par-là. C'est par dizaines que des petits pots, à demi remplis d'eau, ont comme locataires, noyaux et racines de toutes sortes.

La traversée de la ville, même pendant la période estivale, continue d'être un véritable capharnaüm. Honnêtement, je crois que je n'ai jamais vu, sur cette artère principale, une circulation fluide. Voitures et camions sont alignés et entassés telle une tresse de gousse d'ail. Vraiment, s'il y a une chose que le PPP n'a pas encore réglé, c'est bel et bien la circulation dans les grandes villes! Pour le reste, le gouvernement de Harden a opéré de sérieux changements.

Ainsi, avec l'avènement de l'ESURNA, le gouvernement a mis en place toute un « système de sécurité préventif ». Encore assez vague, le programme s'attaque, au nom de la sécurité et de la liberté nationale, aux différents « ennemis de l'intérieur ». Un système de surveillance a été établi pour observer sous la loupe les partis et les organisations politiques jugés néfastes pour la sécurité de la collectivité. Plusieurs personnes d'allégeances politiques communistes, anarchistes et évaluées comme antipatriotiques, ont été fichées et sont dépeintes comme des gens susceptibles de devenir *persona non grata*. L'État promulgue aussi un « sens du devoir » en encourageant les citoyens à dénoncer les individus qui travailleraient contre le bien de l'État.

Outre un serrement policier apparent, quantités d'autres mesures ont été prises pour contre-attaquer les communistes et autres radicaux. Notamment, le gouvernement, que ce soit à la Chambre des Représentants ou au Sénat, assure une réplique virulente aux critiques et aux commentaires jugés négatifs et non constructifs. Ainsi, jamais une question n'est laissée en suspens. Chiffres et statistiques viennent régulièrement corroborer les thèses du gouvernement. Multipliant les organismes de concertation et d'intervention, le parti ne laisse rien au hasard.

Pour s'assurer un « redressement patriotique », le PPP a récemment fait voter une loi sur la cartellisation. Dorénavant, toutes les sphères d'activités sont régies par des cartels, des corporations composées, entres autres, de patrons et de travailleurs. L'objectif ultime de ce remaniement structurel est d'orienter les investissements gouvernementaux vers des branches d'activités considérées comme prioritaires.

Certes, la cartellisation va bien au-delà des activités économiques traditionnelles. Étant donné que le gouvernement de Harden considère le domaine des arts comme étant essentiel à l'identification nationale, il juge impératif d'exercer un contrôle serré sur la culture. Ainsi, cinéma, peinture, sculpture, littérature et musique doivent désormais s'en tenir à leur chambre respective. Entre autres, la Chambre nationale du film assure une certaine censure contre tout projet cinématographique qui viendrait en contradiction avec

« l'esprit du régime ». L'organisme encourage d'emblée les productions à caractère patriotique. Même que certains cinéastes se sont vu attribuer des exemptions fiscales importantes ainsi que certaines subventions gouvernementales en fonction des thèmes qu'ils ont traités.

C'est le cas notamment de Paul Trustworthy, réalisateur qui travaille à la chaîne nationale. En fait, c'est lui qui produit « le mot du Président », temps d'antenne accordé à Harden. Devenu subitement cinéaste de premier ordre, Trustworthy est maintenant considéré comme le cinéaste du parti. D'ailleurs, il travaille actuellement sur un documentaire qui portera sur le Président.

Évidemment, l'intervention du gouvernement ne fait pas l'unanimité. Le vieux Hinder, probablement le peintre le plus influent au pays, s'est rapidement soulevé, comme plusieurs autres artistes, contre ce qu'il a qualifié de « dirigisme culturel ». Ensemble, ces artistes se sont exclamés d'une seule et même voix. Cependant, cette voix s'est dissipée rapidement dans le tintamarre patriotique. Non, le temps est vraiment à la ferveur nationale et le Président, en pouvoir depuis plus d'un an, continue de gagner la faveur politique. Et ce, malgré ce qui avait été prévu. Un nouveau quotidien, *La Patriae*, le Patriote, louange de jour en jour les mérites du gouvernement. Aujourd'hui au pays, le mot d'ordre est clair : Il faut, absolument et par-dessus tout, afficher une attitude patriotique.

« Le patriotisme est la seule et unique forme de révolution totale, évolutive et acceptée. Toute autre forme constitue un recul et doit être jugée comme une menace véritable pour la survie de l'État. Tous et toutes, hommes, femmes, adultes, enfants, autant que nous sommes, nous devons converger nos efforts dans une union patriotique afin d'assurer la prépondérance de notre nation, de notre état. »

En fait, on encourage même les gens à laisser tomber leurs allégeances politiques diverses pour mettre le pays en priorité.

Tous les partis, mis à part les communistes et les anarchistes, sont ainsi sollicités. Le Président Harden clame haut et fort la « Révolution légale » où les mots d'ordre sont désormais « patrie, discipline et ordre ».

— Nous y sommes les enfants!

La voix de Virna écourte brusquement ma réflexion. C'est qu'une fois par année, pour faire plaisir aux enfants, mais surtout, pour amoindrir quelque peu le long voyage en voiture, ma femme met de côté son excessivité alimentaire et accepte un arrêt dans un de ces *fast-food* à la mode. D'autant plus que celui-ci, dans le but de plaire à tout le monde, offre des salades faibles en calories! Force est d'admettre; qui diable voudrait bien s'arrêter dans un de ces endroits pour commander un plat santé!

Le restaurant offre une série de trio, accélérant ainsi le choix d'un client incertain. Les enfants, des habitués, savent exactement ce qu'ils veulent. Quant à moi, tout à fait conscient que mon estomac devra faire des miracles pour se débarrasser de cette nourriture insipide, je reste des plus hésitant. Il faut dire aussi que je ne suis pas vraiment inspiré par l'espèce de sauce orangée qui noie systématiquement les deux maigres bouts de viande de mon sandwich, si toutefois il s'agit bel et bien de viande! Surtout que ces dernières vous explosent littéralement dans la bouche! Ajoutez à cela des frites, faites de farine piquée littéralement avec de l'essence de pomme de terre et dont la teneur en sel est sûrement comparable à celle de la mer Morte! Même le chien semble hésitant avant de manger le reste de mon hamburger! Après un dîner peu convaincant, nous reprenons notre chemin. La route offre un de ces panorama digne des séries de *National Geographic*. Les chemins se perdent en zigzags aux pieds des montagnes toujours enneigées pendant que nos oreilles se bloquent et se débloquent continuellement. Les quelques maisons qui séparent les minuscules villages, ont toutes quelque chose de pittoresque. Elles exhibent, sans scrupule et à la vue des passants, des objets qu'elles proposent à rabais, affichant la ferme conviction qu'il est absolument impensable de passer à côté sans acheter. On peut trouver de tout : de la lampe de cuisine en verrerie à la carcasse d'une vieille *Buick*; d'anciennes roues de carrosses en passant par une baignoire défraîchie. Or, pour Virna, il est toujours intéressant de s'arrêter et d'admirer, « question de jeter un coup d'œil », comme elle me dit à chaque fois. Quant à moi, la ligne qui sépare ici l'antiquaire et le dépotoir est souvent mince. Ma femme me dit alors que sa mère n'a pas tort lorsqu'elle m'accuse de ne vouloir jamais rien faire, de ne jamais rien entreprendre. Auparavant, je répliquais, justifiant que ce n'est pas parce que je ne veux jamais m'impliquer, mais c'est plutôt parce que j'en ai rien à foutre! Alors évidemment, la discussion se poursuivait de plus belle. Mais j'ai appris avec les années. J'ai appris qu'il n'y avait pas le feu, que de s'arrêter quelques minutes, question de prendre l'air, n'avait rien de dramatique et ne m'engageait aucunement à acheter quelque chose. De toute façon, la voiture déborde déjà! Sur la route s'éparpillent aussi quelques fermes. Les agriculteurs, comme la plupart des travailleurs du secteur primaire au pays, sont satisfaits des mesures imposées par le gouvernement de Harden. Au plan économique, le gouvernement pratique une politique interventionniste de premier ordre. La mise en place de la Chambre des agriculteurs a permis, entre autres, toute une politique d'orientation des prix, provoquant comme effet immédiat, une hausse des revenus agricoles. La chambre s'assure aussi que les commerçants achètent au pays. Partout, affiches et publicités de toutes sortes, vantent à qui mieux-mieux les mérites des produits locaux. Certaines amendes sévères sont même données aux contrevenants. D'autre part, la grande majorité des chefs syndicaux, qui, au départ, se méfiaient de Harden, semble aussi s'être réconciliés avec le gouvernement. En fait, les leaders syndicaux prennent une place de plus en plus importante dans le processus décisionnel. La Chambre du travail, organisme paragouvernemental sur lequel siège, à l'échelle du pays, les plus hautes instances syndicales et patronales, permet une certaine démocratie directe dans la mesure où le nombre de décideurs est composé de gens appartenant à divers groupes d'influence. Appliquant certaines mesures, dont une politique de compression des salaires dans les industries, l'organisme vise à assurer la compétitivité. Il faut dire que le PPP encourage et priorise certains secteurs économiques, notamment, la chimie, l'électricité et l'aéronautique. L'air ambiant offre des odeurs de sel et de poisson, signe indéniable que nous approchons de l'objectif. Le propriétaire du chalet où nous logeons depuis une quinzaine d'années est un sexagénaire. Ancien combattant, Monsieur Workhard, toujours une casquette sur la tête, tente de s'éloigner constamment des soucis et des tracas en laissant la gestion et l'administration de ses petites unités sur le bord de la mer à l'un de ses fils.

— Rien de mieux que le travail pour chasser les mauvaises pensées! me répète-t-il à chaque occasion qu'il a de le faire. Il ne faut surtout pas, s'empresse-t-il d'ajouter, en passant le pouce et l'index sur sa casquette, de s'en créer à mon âge!

Certes, il continue de travailler, mais son emploi du temps relève davantage du passe-temps. Muni d'un vieux *Westfalia* qu'il a converti en autobus avec les moyens du bord, il assure la navette entre un terrain de camping, appartenant à son neveu, et la plage. En fait, il socialise beaucoup plus qu'il ne travaille.

— Mon neveu me paie pour ça, précise-t-il en laissant paraître des dents noircies. Ça paie les cigarettes.

Monsieur Workhard n'est certes pas à plaindre. Ancien entrepreneur à la retraite, il touche aussi une rente d'ancien combattant. Surtout qu'il touche une pension généreuse depuis la mise sur pied d'un institut national d'assurance, d'une caisse mutuelle d'assurances où sont regroupés notamment par corporations accident de travail, invalidité et vieillesse.

— Rien à dire contre le jeune Harden, reprend-t-il, un petit gars bien de chez nous! Et il s'empresse d'ajouter qu'en plus d'être natif de la région, le Président y tient une résidence d'été. Il fait un sacré boulot!

Le chalet où nous logeons fait face à la mer, à côté de nombreux autres, tous alignés et tous munis d'un drapeau. Ici aussi, la fièvre de Harden bat son plein. À l'entrée du village, des sculpteurs s'acharnent à terminer un immense buste en l'honneur du Président. Les bustes du Président se multiplient, on se croirait dans une immense campagne de publicité.

IV

Le son des vagues, mourant sur la plage, a quelque chose de vraiment thérapeutique. La location du chalet nous donne droit à un bout de plage privée. Au loin, des centaines de parasols se déploient, répétant comme à l'infini, les couleurs de l'arc-en-ciel.

Je profite aussi de ces quelques jours pour lire et surtout pour dormir. Les quelques promenades auxquelles Virna me convie, me permettent d'admirer les chefs-d'œuvre de sable abandonnés par des artistes anonymes. Des enfants, pelles et seaux en mains, transportant sans cesse quantité d'eau, tentant inlassablement de faire leurs petits bassins privés. Une série de petits commerces, tous aussi charmants les uns que les autres, ainsi qu'un petit port de plaisance, animent la région.

Virna aime bien s'y promener le soir. Un yogourt glacé à la main, elle repasse et repasse les mêmes petits commerces depuis quinze ans. C'est ici que je constate combien j'aime vivre avec elle. Dans le tourbillon incessant de la vie, on ne prend pas nécessairement le temps de s'arrêter à ça. Règle générale, je déteste tout ce qui ressemble de près ou de loin au magasinage. Ici toutefois, en vacances, je n'ai pas d'objection. J'en profite d'ailleurs pour observer ma femme. C'est fou toutes ces petites habitudes qui animent une personne. Vivre à deux, c'est certes apprendre à vivre avec toutes ces petites habitudes et surtout, apprendre à les apprécier. Tiens, par exemple, cette manie qu'elle a encore de s'étonner de la beauté de ces lieux. Systématiquement à chaque année, Virna me dit avec le même entrain, combien elle aime se retrouver ici. Ses yeux, d'un brun presque noir, s'allument alors que son visage s'anime, laissant paraître une bouche aux lèvres finement dessinées et une dentition presque divine, je dis presque divine si ce n'était pas d'une petite dent qui sort discrètement du rang, on se demanderait si elle est bel et bien mortelle. C'est vraiment dans ces moments de pure contemplation que je suis heureux de vivre en sa compagnie.

Sur la plage, Bartok aussi prend ses aises. Le gros saint-bernard s'amuse dans les vagues, le souffle presque coupé tellement son excitation est grande. Un groupe de jeunes enfants, avec leurs planches à vagues, l'ont adopté. Lorsqu'il est entré dans la famille, nous nous sommes demandés un instant s'il fallait l'inclure dans notre escapade annuelle ou tout simplement le faire garder. De nos jours, les animaux sont souvent mieux traités que les hommes. Vétérinaire, gardiennage, toilettage en passant par le service de pompe funèbre, tous ces services sont déployés pour veiller au bien de toutou. Alors que dans certaines villes, les enfants ne sont pas admis dans les restaurants, en revanche, les chiens, eux, le sont dans les centres commerciaux! Tout de même curieux non? Vraiment, c'est à ne rien y comprendre. Or, selon l'avis de Windthorn, c'est simplement une manifestation politique des relations entre les individus, une manifestation du pouvoir des plus nombreux.

— C'est ce qu'on appelle la dictature des têtes blanches! disait-il avec ironie alors qu'un collègue qui quittait pour la retraite, partageait avec un petit groupe les projets qu'il envisageait afin d'occuper tout son temps. Ce sont ces gens-là qui consomment, qui passent leur temps dans les centres commerciaux! Pour qu'ils achètent, il faut les attirer dans les magasins. Il ne faut surtout pas qu'ils laissent toutou sans surveillance à la maison. Le capital sait qu'ils ont remplacé leurs enfants par des animaux de compagnie.

Les gens connaissent bien Windthorn et ne le prennent pas toujours au sérieux. Par chance, ça permet d'éviter les conflits.

C'est une bonne chose puisque pour Windthorn, tout est sérieux et matière à réflexion.

Oui, c'est vrai, les chiens sont parfois mieux traités que les hommes. Toutefois, ce n'est pas vraiment un cadeau à faire à ces animaux. Lorsqu'ils sont perdus ou abandonnés, les chiens sont démunis, démontrant que la domesticité entraîne souvent la dépendance, l'imbécillité et l'impotence.

Un jour où il s'était sauvé, Bartok a réussi à créer une véritable congestion sur Bredly, une des artères principales de notre ville. Marchant tranquillement au centre des deux voies de circulation automobile, il a causé une véritable commotion! Décidément, il ne ferait pas vieux os s'il tombait subitement seul dans la vie. En les domestiquant, les chiens perdent-ils leur liberté? Pas grand progrès à ce niveau depuis le loup et le chien de Lafontaine :

Suivez-moi : vous aurez un bien meilleur destin.
Le loup reprit : « Que me faudra-t-il faire?
— Presque rien, dit le chien : donner la chasse aux gens
Portant bâtons, et mendiants;
Flatter ceux du logis, à son maître complaire :
Moyennant quoi votre salaire
Sera force reliefs de toutes les façons,
Os de poulets, os de pigeons,
Sans parler de mainte caresse. » (...)

« Qu'est-ce là ? lui dit-il. — Rien. — Quoi ? rien ? — Peu
de chose.
— Mais encor? — Le collier dont je suis attaché
De ce que vous voyez est peut-être la cause.
— Attaché? dit le loup : vous ne courez donc pas
Où vous voulez? — Pas toujours; mais qu'importe?
Il importe si bien, que de tous vos repas
Je ne veux en aucune sorte,
Et ne voudrais pas même à ce prix un trésor. »
Cela dit, maître loup s'enfuit, et court encor.

Je me demande parfois, en jetant un regard vers ce 60 kilos de docilité, si en tant qu'être humain nous ne subissons pas le même sort? La sédentarisation serait-elle synonyme de dépendance, d'impotence et d'imbécillité?

V

— Ami remplis mon verre, encore un et je vas, encore un et je vais... Les voix de George et de Bill, dans un hourvari incessant, partagent, avec l'immense nuage de fumée et l'odeur de scotch, l'ensemble du petit espace intérieur du voilier de George.

Voilà déjà deux jours que nous naviguons, en véritable réclusion, sous l'œil avisé et surexcité de notre capitaine. Nous avons coupé tout contact avec la civilisation mis à part une petite radio qui accompagne nos soirées d'alcool et de bridge.

— Nous sommes bénis des dieux, répète George depuis hier. C'est vraiment la première fois qu'il y a autant de vent!

Évidemment, peu enclin que je suis déjà au départ à toute forme de transport, j'ai failli être malade, m'accrochant avec peine et misère à la proue et à toutes les extrémités du bateau. Il fallait bien, pour ma première expérience en voilier, que je me tape la seule journée de vent du siècle! C'est sans contredit une autre des manifestations de la loi de Murphy, cette loi sur la probabilité qui fait en sorte que si vous avez le malheur d'échapper votre tartine de confiture sur le plancher, eh bien! elle tombera inévitablement sur le côté tartiné! Enfin, le vent est tombé avec le soleil et je peux maintenant oser espérer me déplacer aisément sur le bateau.

D'une trentaine de pieds bau, le voilier, aux dires de George, offre un parfait équilibre. Le mariage du blanc et du bleu, ainsi qu'une proue pointant fièrement au devant, lui donne des airs de souverain, bravant l'incertitude des eaux. Le bateau offre aussi une bonne variété de voiles : une grande voile, un génois, trois focs, dont un foc de tempête et un spi, permettant ainsi à notre capitaine de multiplier les manœuvres. À l'intérieur, la table, que l'on peu déplacer, permet de loger, sans grand confort, six personnes. Or, à quatre – et avec la houle en moins – ce n'est pas si mal.

Question gastronomie, on s'organise bien. George, qui ne lésine pas sur le confort et qui ne connaît aucune restriction, a installé un *BBQ* portatif sur l'un des ponts du voilier. Et s'il y a quelque chose que je peux faire fonctionner c'est bien un *BBQ*! Avec la quantité de réceptions que l'on a organisées à la maison, j'y suis passé maître depuis longtemps! Ça me permet donc de faire ma part, même si tout le monde ou à peu près tout le monde sait s'en servir. Dans ce pays, les grillades font partie intégrante de l'alimentation, comme si l'on entretenait un soudain besoin de retourner à l'âge de pierre. C'est curieux comment les hommes aiment se compliquer la vie. Prenons ce soir, tiens. George, dans une gargantuesque excitation, a décidé que nous mangions des filets de poisson, mais à partir du poisson que l'on aura pêché! Cependant, puisque ce sont mes toutes premières armes en ce domaine, comme dans tout ce qui concerne la vie sur l'eau, mon expérience de pêche s'est soldée par un échec lamentable : mise à part la perte de la presque totalité de l'équipement de notre hôte, je n'ai absolument rien pris. Étrange cette manie de vouloir se donner tant de mal. Sans parler de tous ces jeux télévisés qui vous placent dans des situations extrêmes. C'est à rien n'y comprendre, vraiment.

C'est tout de même agréable de voir George aussi heureux. Ça me donne une bonne raison pour endurer la houle. Je crois que je ne l'ai jamais vu aussi éveillé, aussi enjoué. À part peut-être au collège. Grand Dieu que la vie file. Lorsque nous étions étudiants à la faculté, je crois que nous vivions, sans même le savoir, le bonheur parfait, un bonheur léger sans trop de questions. Certes, nous n'avions rien mais tout nous était permis. Devant nous, s'offrait un monde rempli de projets et de possibilités. Même le service militaire, à quelques égards, connaissait ses bons côtés!

Depuis, le galop incessant de la vie d'adulte estompe peu à peu les rêves et les illusions. Quoique pour ma part, il n'y avait pas grands rêves déjà au départ. J'ai fait ce que je voulais : avoir assez d'argent pour faire une vie sans complications, sans me tuer au travail.

Le bonheur actuel de George me rappelle lorsqu'il nous a annoncé, autour d'une table de bridge, qu'il était accepté à la faculté d'architecture. Il était cependant loin de se douter que son travail et le rythme endiablé de sa carrière allaient emporter son mariage dans le sillon de la vie. De façon générale, la vie nous entraîne sur des terrains inconnus ou peu familiers. Pas de rêves, pas de déceptions. C'est une mesure sûre.

Les choses se sont par ailleurs tassées depuis son divorce et depuis son second mariage. Avec l'arrivée de Judy, sa conjointe actuelle, George a connu sa propre révolution. Les séances de gym hebdomadaires et la bouffe bio, sans parler d'un arrêt systématique de fumer sont quelques-uns des changements volontaires qu'il a eu à subir. George n'est tout simplement plus le George que l'on a connu il y a longtemps, puisqu'une bonne partie de lui a littéralement fondu sur le tapis roulant, à grand coup de sueur sur le front et dans les yeux. Si elle le voyait ici à boire, à s'empiffrer et à fumer des cubains…

— Buuuuuuuuuuuuuuuuuuuuuuuuuuuuuuuuut! s'exclame à tue-tête le chroniqueur à la radio. Bebert, George et Bill hurlent en chœur!

— Sors de ta torpeur, Henry! lance George, amusé de me voir sursauter.

— Tu sais, renchérit Bebert, Henry a toujours été un peu lunatique, surtout lorsqu'il s'agit de foot...

Tous se mettent à rire de bon cœur, se souvenant de mes moments de distraction comme gardien de but au collège. Cependant, j'arrivais tout de même à faire le travail que l'on me demandait; dans la vie c'est ce qui compte. Cette manie de vouloir constamment être performant!

C'est toujours pareil lorsqu'il y a un match de foot durant une partie de bridge. La conversation, habituellement fluide, est plutôt entrecoupée de longs silences d'attention soutenue aux commentaires des chroniqueurs. Je ne me plains pas, puisque je parle généralement peu. Ça me permet de vaquer tranquillement à mes pensées. Il y a de ces moments où le simple silence, mêlé à des gestes et des regards vaut mieux que tous les mots du monde. Le fait de me retrouver ici, après plus de trente ans, avec les copains, peut difficilement se contenir en simples mots. Certains sentiments sont parfois si profonds, trop palpables qu'ils ne peuvent être limités par des mots. Virna me dirait que c'est une question de culture. Car, pour elle, le drame de mes silences, est que, même quand je parle, je dis peu. Trop peu. Comme si les sentiments qui m'habitent et m'animent restent enfermés tout au fond de moi, inaccessibles, même aux mots. Une chose dont je suis certain cependant, c'est que ni la houle, ni le discours vitriolique de ma belle-mère ne m'empêcheraient de partager ce moment de prédilection avec les copains.

Il faudra toutefois que j'apprenne à anticiper les buts, surtout ceux de notre équipe nationale si je ne veux pas mourir d'une défaillance cardiaque!

— Encore Patterson! s'exclame Bill, tout un joueur étoile!

— J'espère bien, de rétorquer George, au salaire qu'il fait. Il est grand temps qu'il coure le ballon au lieu de courir les filles!

C'est que le joueur étoile, qui entretient une réputation de coureur de jupons, aurait été mêlé à une histoire de débauche. L'événement, comme tout ce qui a trait au foot, est devenu national. Même que le président Harden s'est vu obligé d'intervenir dans le dossier à la rescousse de ce héros national. « La presse, dira-t-il dans un de ses nombreux discours, ne doit pas seulement informer mais elle doit aussi avoir le souci d'instruire les masses. Les journalistes ont une fonction et non une opinion. »

D'ailleurs, le président a prouvé qu'il ne prêchait pas dans le vide car à la suite du grand ménage qu'il a fait dans le secteur de la presse écrite, il a réalisé de grandes purges dans le monde de la radio et de la télévision. « La presse, poursuivait Harden, est un clavier sur lequel l'État peut aussi jouer. » De fait, le journal d'état *La Patriae*, journal dans lequel se succèdent manifestations et slogans patriotiques, publie quotidiennement le mot du Président. Harden, en plus de connaître une grande popularité auprès de ses compatriotes, jouit aussi d'une renommée internationale de plus en plus grande. Il est d'ailleurs en lice pour le prix international de la paix.

Le match ainsi que ma réflexion sont soudainement interrompus par la diffusion d'un bulletin spécial :

Un attentat a été perpétré contre les membres du gouvernement...

Littéralement sidéré par la nouvelle, j'arrive à peine à saisir l'ensemble de son contenu.

...Jusqu'à maintenant, on apprend que quatre ministres auraient été sévèrement blessés à la suite d'une violente explosion...

...Le Président aurait été atteint de plusieurs coups de feu...

Un silence glacial submerge soudain la pièce.

Quatrième partie
L'asphyxie

I

— Merci monsieur!

J'arrive en toute hâte, serviette et journal en main, attrapant de justesse l'autobus qui s'apprêtait à partir. Décidément, je ne me corrigerai jamais.dans le bus, les visages demeurent sensiblement les mêmes, mis à part peut-être quelques signes discrets d'une tension silencieuse. Il faut dire qu'il plane depuis un bon moment déjà un sentiment de paranoïa sur la nation. Trois ans ont passé depuis l'attentat contre le Président, trois ans qui ont apporté suspicion, inquiétude et méfiance. Partout, affiches et pancartes de toutes sortes. Certaines encouragent le patriotisme et la délation de ceux qu'il est commun d'appeler maintenant les « ennemis du peuple », d'autres rappellent, comme une prière solennelle, que le Président Harden « a toujours raison ». La société en est littéralement tapissée. Toutes accompagnées de photos à l'effigie de Harden, ces affiches contribuent à accentuer sans doute le degré de soupçon des uns envers les autres.

Le soir de l'attentat est devenu légendaire et fait maintenant partie de l'histoire de notre nation. L'enquête policière qui a suivi ce drame et dont les résultats ont été publiés dans *La Patriae*, a confirmé les soupçons du Président Harden : l'attentat était bel et bien l'œuvre de communistes qui cherchaient à déstabiliser le gouvernement. En plus des quatre morts causées par l'explosion dans la salle de bal du parlement, le Président a été victime de trois coups de feu. Un cameraman habile a réussi à croquer sur le vif les images qui ont fait depuis le tour du monde.

Dès lors, on a assisté à un renforcement dans l'appui de la population au gouvernement de Harden, mais surtout dans la personne du président. La lutte pour sa vie a pris des proportions nationales, faisant de lui un héros ainsi que le libérateur du pays. Harden incarne, depuis, l'image de la ténacité et du courage. Une multitude de qualitatifs pullulent à son intention : « Le grand berger, le guide immortel de la nation, le père du peuple, le géant de la pensée et de l'action » en passant par « le grand titan de tous les temps ». Étonnamment téméraire, le Président, à même son lit d'hôpital, a systématiquement sacralisé sa propre personne en prononçant ces mots devenus un véritable slogan patriotique, synonyme de la lutte sans fin :

« Le gouvernement ne se laissera pas intimider par ces radicaux, ces communistes qui ne cherchent qu'à entraver la bonne marche de notre nation. »

Parallèlement à cet appui national derrière le Président, on observe aussi, proportionnellement, un renforcement important du contrôle étatique. Ainsi, le gouvernement a instauré un décret sur la « protection du peuple et de l'état », décret qui vient suspendre les libertés individuelles : libertés d'association, de presse et même de parole. Mais ces mesures extraordinaires sont temporaires car, aux dires de Harden :

« Le gouvernement n'abusera pas de ces pouvoirs et en fera un usage seulement pour prendre des décisions essentielles à la sécurité collective. »

De fait, depuis cet attentat perpétré contre les membres du gouvernement, l'ESURNA est vouée à jouer un rôle plus important alors que son pouvoir croît de jour en jour. Rien n'est laissé au hasard et tout doit être méticuleusement ausculté et passé au peigne fin des sections spéciales de l'ESURNA.

Depuis donc, la sécurité publique est assurée à l'aide d'un « système de détention préventif de sécurité », espèce de camp de travail qui permet au gouvernement d'interner arbitrairement et sans appel les ennemis du peuple. Trois semaines après l'attentat, c'est plus de 10 000 personnes, des communistes, des socialistes, des anarchistes, des radicaux, des syndicalistes, qui ont été internés, parce que jugés « menaçants pour la sécurité collective ». Une fois de plus, le gouvernement assure que ce ne sont que des mesures temporaires pour le bien du pays.

L'état incite aussi la population à collaborer au nom de la sécurité. On encourage ainsi les gens à dénoncer ceux et celles qui, de quelque façon que ce soit, pourraient porter préjudice ou entrave à la bonne marche des affaires de l'État. Ainsi, collaboration, dévotion et auto-alignement sont parmi les mots d'ordre. Le bien de l'état et de la collectivité prime sur celui de l'individu.

Les tentacules de l'ESURNA se déploient aussi dans la mise en place d'un dispositif de sécurité pour le Président. La police présidentielle (PP), section élite de l'ESURNA est une unité spéciale au service de Harden. Dorénavant, le Président n'est jamais seul et gare à ceux qui chercheront à s'approcher de lui. Ses membres, triés sur le volet, doivent faire un serment d'allégeance à la fois au régime, au parti et au Président :

« À vous, Richard Harden, Président et chef du gouvernement, je jure fidélité et courage. À vous et à ceux que vous avez chargé de me commander, je promets d'obéir jusqu'à la mort et que Dieu me vienne en aide. »

Suite à l'attentat terroriste, le gouvernement a décidé, pour le bien-être et la sécurité publique, d'opérer aussi plusieurs changements permanents par la mise en place d'un Institut pédagogique et politique patriotique (IPPP), institut qui vient chapeauter et assurer un contrôle sur le ministère de l'Instruction publique. « Il faut préparer les prochaines générations à poursuivre la *révolution légale* », soutiennent les membres du gouvernement. Et à cet effet, l'état assure totalement un regard sur l'éducation.

La mise en place d'abord des instituts « Richard Harden » permettent dorénavant la formation des prochains dirigeants du parti. En parallèle, ces mêmes instituts dispensent aussi de la formation aux enseignants, aux professeurs et aux conférenciers qui sillonnent le pays dans le but de véhiculer l'idéologie patriotique du régime. Dans une de ses nombreuses interventions télévisées, Harden a précisé que « les universités doivent assurer la sauvegarde de la frontière de l'esprit patriotique ».

« Professeurs, enseignants et intellectuels sont les soldats de l'esprit, garants de l'idéologie patriotique. Ils doivent être aussi zélés qu'un militaire à la défense de leur pays! »

Ainsi, les intellectuels non alignés sont traqués et dénoncés par divers regroupements d'étudiants et de professeurs universitaires. Ces mêmes groupes, pour récompenser leur patriotisme, obtiennent des subventions et des bourses d'études faramineuses permettant la poursuite de leurs recherches.

Hinder, le peintre qui, au départ, avait dénoncé les abus des diverses chambres artistiques, notamment, la mise en place d'une chambre des écrivains et de maisons d'édition spécialisées dans la littérature « partisane » et « populaire », s'est aussi soulevé contre ce qu'il qualifiait de « philosophie terroriste », philosophie selon laquelle la loi suprême de Harden est considérée comme l'ordre nouveau. Malheureusement, l'artiste a été retrouvé récemment sans vie dans son loft installé dans un quartier cossu de la capitale. La police a conclu à une mort naturelle. Il faut dire qu'il avait plus de quatre-vingt ans. Le gouvernement, malgré ses postions iconoclastes, lui a tout de même accordé des funérailles nationales, événement où militaires, membres des Jeunesses du Président et de l'ESURNA ont paradé en grande pompe.

La suspension temporaire des libertés individuelles oblige le gouvernement à modifier aussi l'appareil décisionnel de l'État. La mise sur pied d'un « Grand Conseil patriotique », composé de membres des classes bourgeoises et ouvrières, vise à « assurer que le totalitarisme actuel permette de rétablir le plus rapidement possible l'ordre social ». En plus d'assurer un contrôle étroit sur l'ensemble des aspects de la vie politique, intellectuelle, culturelle et sociale, le Grand Conseil patriotique, voit aussi au développement économique de la nation.

Ainsi, les divers secteurs de l'industrie, du commerce, des banques, de l'énergie et des transports soutiennent les mêmes objectifs : pénétration en entreprise de l'esprit du régime; analyse du marché intérieur et des besoins en matières premières; contrôle et orientation de la production nationale en fonction de l'objectif ultime du gouvernement : la sécurité de l'état et du peuple. L'État assure donc une certaine standardisation et un contrôle de la production, contrôle en fonction du bien-être de la collectivité.

Or, avec la lutte contre les détracteurs de l'intérieur du pays, les nouvelles nationales nous informent que l'État doit aussi combattre des forces extérieures, de là, la nécessité pressante d'exercer un contrôle étroit sur l'ensemble de la production. La pression internationale force le pays à relancer toute une politique d'armement. Les armes atomiques, devenues désuètes, voire même dangereuses pour la sécurité de notre pays, ont été démantelées depuis des années. Il y va de même pour tout ce qui a trait à l'utilisation de la fission nucléaire contrôlée comme source d'énergie. La sécurité relative des installations nucléaires a entraîné de fréquentes alertes de fuites toutes aussi catastrophiques les unes des autres. Le stockage et la réutilisation du plutonium ont causé de nombreux casse-tête aux différentes autorités. Les gouvernements préfèrent nettement concentrer leurs capitaux au profit de la recherche sur des armes offensives et défensives plus performantes. Entre autres, missiles téléguidés et canons lasers frappent de façon systématique et circonscrite, ce qui réduit considérablement la marge d'erreur, contrairement à l'armement nucléaire.

Ainsi, l'État doit, selon le Président, capitaliser sur une politique d'armement pour éviter l'affrontement :

« La politique d'armement est la solution ultime contre la menace extérieure. Nos ennemis n'oseront pas s'opposer à nous si nous déployons notre force militaire. Il faut courtiser

la guerre afin d'assurer la paix. »

De fait, la menace extérieure apparaît d'autant plus réelle dans la mesure où depuis l'attentat et le resserrement de l'appareil d'état, plusieurs artistes, intellectuels et syndicalistes ont quitté le pays. Certains leaders syndicaux n'ont guère apprécié l'avènement du Grand Conseil patriotique puisqu'il venait, entre autres, court-circuiter le travail des traditionnelles organisations ouvrières. Présentés comme des éléments conservateurs et farouchement opposés à *la révolution légale* menée par Harden, les syndicats et autres associations ouvrières traditionnelles ont été, dans le tollé de réformes qui a suivi l'attentat, tout simplement supprimés.

Au bureau, les choses sont également à l'image des changements nationaux. Beaucoup de jeux de chaises se sont effectués laissant des places vacantes. Un bon matin, à la fois avec tristesse et étonnement, j'ai appris le congédiement et l'arrestation de Windthorn. En plus d'être un sympathisant communiste, il a été accusé de détourner de l'argent des coffres de l'État, et ce, depuis un bon moment. Pour ma part, j'ai peine à croire que Windthorn était un voleur. Chose certaine, les heures du dîner à la cafétéria sont devenues maintenant beaucoup moins enjouées et mouvementées. Quant à Brenda Faithful, véritable championne du patriotisme ou comme dirait certaines mauvaises langues, de la dénonciation, eh bien! elle s'est vu offrir promotion sur promotion. Il paraît qu'elle occupe maintenant un poste tout près de son mari au Grand conseil patriotique. Enfin, il reste toujours O'Weary, dont la présence est toujours aussi discrète. De mon côté, la vie s'est quelque peu tranquillisée. Ce n'est pas qu'elle était auparavant bien agitée. Je ne joue plus au bridge avec les copains. En effet, vu les circonstances politiques, le gouvernement a fortement suggéré de limiter les rencontres sociales et nous en sommes venus à un commun accord de laisser tomber jusqu'à nouvel ordre. Toutefois, mes déplacements n'ont pas vraiment diminué et ce, même si un couvre-feu a été instauré à 21 heures : les éternels matchs de foot de mon fils, ses rencontres aux Jeunesses patriotiques du Président et la promenade quotidienne de Barthok figurent toujours à mon agenda.

Les Jeunesses patriotiques du Président, comme le sport, sont devenus aussi un incontournable dans ce pays. Avoir un fils et ne pas l'inscrire aux JPP, c'est faire faux bond au régime, ce qui pourrait entraîner peut-être une enquête et par conséquent, l'ouverture d'un dossier et sans mentionner que cela pourrait éventuellement porter préjudice à la future carrière des enfants. Ainsi, adhérer aux Jeunesses patriotiques du Président, c'est faire son devoir de patriote. Elena aussi a dû faire sa part et se joindre à la Ligue des filles de la patrie (LFP). L'organisme, comme les Jeunesses patriotiques, prône notamment la vie en collectivité, les activités sportives et le plein-air. Évidemment, Virna était plus que ravie d'y inscrire notre fille. Pas d'inconvénient moi non plus puisque ce sont tout de même des associations qui permettent à nos enfants de socialiser et de faire de l'activité physique. D'autant plus qu'il est difficile de fonctionner dans ce monde sans avoir un minimum de sociabilité.

— Cela permettra à Elena de sortir un peu, de prendre l'air en compagnie de jeunes filles de son âge!

Virna s'inquiète pour notre fille. À mon humble avis, je ne vois pas vraiment de problème au fait qu'Elena préfère davantage la solitude que les activités de groupe. J'ai tenté de lui expliquer en vain que lorsque j'avais son âge, je préférais de loin m'enfermer dans ma chambre, lire, écrire et dessiner au lieu d'aller m'épivarder à l'extérieur. Mais, inutile de perdre mon temps à convaincre Virna, véritable maniaque de la santé physique. Je ne fais qu'entraîner un fleuve de commentaires et de justifications au nom de la sacro-sainte forme physique! Et j'insiste, sacro-sainte forme physique! Parce qu'à ce niveau Virna et le gouvernement de Harden sont vraiment sur la même longueur d'ondes! Alors que l'État enclenche une véritable croisade à l'échelle nationale pour l'activité physique et une saine alimentation, Virna poursuit aussi ses attaques de plus belle.

Ainsi, après une lutte féroce contre la cigarette, l'État s'attaque maintenant en force à l'inactivité et à l'obésité. Il faut dire que dans notre société, l'obésité est un phénomène qui a pris, depuis plusieurs années, des proportions alarmantes. Un récent sondage révélait que près de 73% de la population souffrait d'embonpoint. Le gouvernement a donc décidé de passer à l'action en déployant des moyens extrêmes dans le but d'enrayer le phénomène. Comme dans le cas des fumeurs chroniques, le gouvernement a décidé d'imposer des frais d'hospitalisation supplémentaires aux gens qui souffrent d'obésité. En plus d'un sentiment de suspicion constant, les gens doivent maintenant vivre avec le jugement des autres quant aux excédents de poids.

Évidemment, ces mesures gouvernementales ont apporté des munitions inespérées au discours de Virna. Je me suis donc résigné à m'inscrire au centre de conditionnement physique que fréquente ma femme. J'entends encore Virna me dire qu'il fallait bien une question d'argent pour que je me résigne à faire la guerre aux quelques kilos que j'ai en trop. Non, mais ce serait bête de payer des frais supplémentaires pour la chambre à air que j'entretiens autour de la taille! Et comme je ne peux changer la décision du gouvernement eh bien! je m'attarde à ce que je suis en mesure de faire : de l'exercice. À mon premier entretien avec les gens du centre de santé, j'ai littéralement été assailli par deux magnifiques mannequins nourries aux fibres équilibrées!

— Ne t'en fais pas, on s'occupe de toi!

Je me méfie toujours des gens qui, sans me connaître, me tutoient à la première rencontre. J'ai toujours l'impression que ces gens-là veulent me vendre quelque chose. Enfin, j'ai accepté de m'inscrire parce que je me dis que dans la cinquantaine bien sonnée, les livres gagnées sont toujours plus difficiles à éliminer. Il faut dire que le discours plus que réaliste de Virna joue pour beaucoup :

— Imagine un kilo par année!

Cette perspective m'apparaît longue... et lourde.

II

Je ne dîne plus au bureau. Il n'y a... comment dire... il n'y a plus d'atmosphère ou plutôt, ce qui en reste est devenu si lourd qu'il est difficile de respirer convenablement. En fait, l'air ambiant est chargé de défiance. Presque palpable, ce gaz nauséabond empoisonne l'environnement de travail. Il y a certes toujours eu des potins nourris par des mauvaises langues mais, depuis un certain moment, la méfiance de tous et chacun est devenue totale, faible reflet de ce qui se passe dans ce pays depuis l'attentat contre Harden. Je viens donc tous les jours de la semaine dans ce petit café à quelques pas du travail. Ça me permet ainsi d'éviter les ragots.

L'endroit est fort sympathique. Les gens s'y donnent rendez-vous, entre autres, pour jouer aux échecs, pour causer ou simplement pour regarder tranquillement les gens passer dans la rue. Le café offre également une immense bibliothèque mur à mur où les gens peuvent se servir, commencer ou finir un livre, en prenant paisiblement un café. C'est sans contredit une formule intéressante, d'autant plus que vous êtes presque certain de trouver votre livre disponible. Parallèlement à l'épuration effectuée dans les médias de masse, il y a eu aussi un grand ménage dans le monde littéraire. Toute la littérature subversive a été catégoriquement mise hors circuit, alors que quantité de volumes, jugés inappropriés pour tous, ont été placés à l'Index. En ce sens, le gouvernement clame haut et fort : « L'intellectuel, comme le professeur, est un soldat de l'esprit. Il doit sans cesse protéger la frontière idéologique de notre nation contre ses ennemis. »

Ainsi, plusieurs fois depuis l'attentat, de grandes purges ont été effectuées, purges durant lesquelles les grands auteurs, romanciers et écrivains de ce monde sont cloués systématiquement au pilori. Bibliothèques et universités sont littéralement prises d'assaut, pillées par des commandos organisés par les groupes universitaires patriotiques (GUP) qui agissent eux aussi au nom de la sécurité collective. De grands bûchers sont élevés sporadiquement sur les places publiques et sur les campus universitaires. En plus de la chasse aux œuvres subversives, mentionnons également la chasse aux écrivains réfractaires. La liste des volumes et des écrivains à l'Index est affichée sur tous les murs, dans tous les endroits publics ainsi que dans le journal d'état. Les membres de l'ESURNA et des groupes d'action patriotique (GAP) sillonnent cafés et librairies dans le but d'éliminer ces œuvres non alignées. Chaque citoyen a le devoir de dénoncer ceux et celles qui possèdent ces œuvres et de fortes sanctions sont données aux contrevenants. L'État procède de la même façon avec le cinéma et la peinture. Écrivains, cinéastes et peintres doivent tous embrasser l'idéologie de la nation sous peine d'emprisonnement ou d'exil. De fait, plusieurs expositions et films internationaux ne traversent plus notre frontière parce que jugés subversifs par les diverses chambres de la culture.

— L'ennemi cherche à s'attaquer au sentiment patriotique qui nous unit, rappelle George Priest, devenu depuis peu Ministre de la culture patriotique (MINCULPAT). « Internationalisme est synonyme de Chaos. » Priest, l'animateur de radio, a accepté de prendre ce nouveau ministère dont un des nombreux volets est la propagande patriotique. « Je suis prêt à faire de nombreuses bassesses pour la défense de mon pays », avait-il déclaré le jour de sa nomination. Je parle de nomination puisque Priest, comme plusieurs autres membres influents du gouvernement de Harden n'ont pas eu à faire de campagne électorale. Ils ont été nommés par le Président lui-même.

— Voilà Monsieur.

Je remercie le jeune garçon qui vient tout juste de m'apporter un autre café. Ce petit moment de solitude quotidien m'est devenu salutaire, voire indispensable car il est de plus en plus difficile d'être seul dans ce pays. Depuis le resserrement étatique, la vie de chacun de nous ne m'a jamais semblé aussi publique. C'est comme si, d'un seul trait, la vie privée avait cessé d'être et que partout où nous nous trouvons, et ce, même dans les gestes les plus banals du quotidien, l'état est omniprésent. Dans une certaine mesure, être seul peu paraître suspect. L'État fait ainsi partie intégrante de la vie de tous. Il est devenu presque impossible de vivre en marge de la société, en dehors de la ligne tracée par le régime, dans sa définition la plus complète de « l'homo novus ».

Ce nouvel homme connaît comme qualités dominantes « le courage, le sens de la solidarité ainsi que l'esprit de discipline ». S'éloignant de l'esprit critique, que le régime considère négatif et corrosif pour la nation, l'homme nouveau se contentera désormais de « croire, obéir et combattre ». En fait, l'État cherche à former des êtres qui, au lieu de réfléchir et de vivre constamment dans les chimères, « exécutent en parfait automate et qui ne discutent surtout pas les ordres ». Voilà, selon Harden, la parfaite définition de « l'efficacité d'un peuple ».

D'ailleurs, nous avons reçu à la maison un courrier faisant état que c'est à la nation que revient dorénavant le droit d'éducation de notre fils et de notre fille. « Vos enfants, mentionnait la lettre que Karl et Elena ont apportée des Jeunesses du Président, sont les enfants de notre grand pays et seront formés selon les critères particuliers du régime. Aidez-nous à faire de vos enfants les garants d'un nouveau monde. Le salut de la nation, terminait ce courrier, passe par la génération de demain. » Dans mon déplacement quotidien de la maison au bureau, j'ai remarqué qu'il ne reste plus de poivrots et d'itinérants dans les rues. Le gouvernement s'est chargé de leur trouver du travail et ce, au grand plaisir de ceux qui les percevaient comme des parasites du système.

C'est que le gouvernement, dans sa politique d'autosuffisance, cherche à augmenter le nombre de terres cultivables. Ainsi, la NEP, Nouvelle économie patriotique, permet à plus de huit mille personnes, chômeurs, assistés sociaux et autres sans travail ou sans logis, de contribuer à l'assèchement des marais. Winthorn, avant qu'il nous quitte, prétendait, dans ses habituelles lancées passionnées, que les badauds et les sans-abris, qui sillonnaient les rues auparavant, se retrouvent maintenant dans les « camps de concentration » de l'État ou dans des « prisons de travail ». C'est certainement ses paroles, ses gestes anti-patriotiques ainsi que ses actions posées au bureau qui lui ont valu, à lui aussi, de nombreux griefs de l'État. Enfin, le communisme, qui lui a toujours compliqué l'existence, aura finalement entraîné sa perte.

Quant à moi, je trouve tout de même le moyen de m'évader de temps à autre de l'emprise de la société. Il faut dire que je suis plutôt blindé, et je fais ma petite affaire. Rien ne sert de se compliquer la vie, d'autant plus qu'elle l'est déjà assez comme ça! En fait, j'ai l'habitude d'être oublié dans un groupe. J'ai aussi l'habitude des sacrifices et des compromis. J'ai la chance ou non de vivre avec une personne très exigeante et j'ai appris, au fil des années, à ne pas m'en faire. Je dirais même qu'avec le temps, ça devient de plus en plus facile.

Petit, on avait tendance à souffrir à mon compte, exigeant de moi beaucoup plus qu'une simple présence. À l'époque, comme c'est encore le cas aujourd'hui, j'avais tendance à me confondre avec le papier-peint, à disparaître dans la couleur des murs. Or, je n'ai jamais eu l'impression de ne pas prendre ma place, je crois la prendre mais d'une autre façon. Je n'ai jamais ressenti le besoin de faire des vagues pour annoncer ma présence. Bebert et Virna me le reprochent souvent; comme s'il fallait toujours tout casser.

Il est vrai cependant qu'on a tendance à m'oublier dans un groupe ou lors d'événements. Je crois par ailleurs que je suis bien ainsi. En ce sens, je comprends très bien Elena. La petite, avec les années, devient aussi belle qu'elle est discrète. C'est sans contredit le portrait de sa mère et de moi. Ainsi, il est donc de plus en plus difficile de vivre son individualité. Absolument tout est orienté vers la solidarité et la coopération. En somme, tout est orienté vers l'État. Et tout est prétexte à un rassemblement, un défilé, une parade militaire, parade durant laquelle on s'écrie en chœur : « Tout pour l'État, rien hors de l'État, rien contre l'État! » Bustes, statues et affiches du Président inondent littéralement la ville. Ici, le Président, en uniforme militaire, épouse un regard tendre et conciliant, celui d'un père pour ses enfants, là, il porte un regard sévère, fustigeant les détracteurs. Depuis l'attentat, Harden se présente toujours en uniforme militaire. On dit que c'est parce qu'il porte toujours un gilet pare-balle. Enfin, ses beaux complets chics et classiques sont devenus choses du passé.

Curieux paradoxe cependant, car même s'il devient de plus en plus difficile de vivre son individualité, je ne me suis jamais autant senti aussi seul. Le fait de vivre en collectivité, pour la collectivité, nous éloigne de nous-même et les uns des autres, nous isolant davantage alors que l'on devient chacun son propre étranger. La solitude prend un visage nouveau. Or, les matchs de bridge, je dois le dire, me manquent terriblement. Ces soirées avec les gars me semblent si lointaines, comme si elles appartenaient à une autre époque. Cette guerre à l'individualisme fait partie intégrante de la révolution patriotique. « L'individualisme est à la source du capitalisme monopolistique rappellent les slogans du parti. La nation doit prévaloir sur l'individu. Ceux et celles qui s'opposent au socialisme patriotique sont les suppôts de la bourgeoise, des trusts et sont les ennemis de la classe moyenne. »

Les nouvelles de l'extérieur ne me semblent pas plus reluisantes. Il semblerait que la guerre soit véritablement à nos portes. La fièvre patriotique entraîne le pays dans un besoin d'affirmation de ses origines. Historiens, anthropologues et archéologues s'efforcent de définir davantage notre passé. Cette « nouvelle histoire », puisqu'elle vient remettre en cause certains acquis, déterre de nouveaux faits et conditionnent de nouvelles interprétations qui viennent chambarder notre compréhension et notre perception de nous-mêmes. L'emphase est ainsi mise sur certains de nos héros déchus ou tout simplement oubliés dans les livres d'histoire. Cette grande réaffirmation entraîne aussi une redéfinition du territoire. Certaines terres ancestrales, appartenant aujourd'hui à d'autres nations, sont ainsi revendiquées, contribuant à exercer certaines pressions internationales. L'État a aussi procédé à de grands changements au niveau de la structure politique. Le suffrage universel, véritable « catalyseur de l'action patriotique » a tout simplement été liquidé. La Chambre des Représentants et le Sénat, éléments de cette « inaction démocratique », ont été remplacés par le Grand Conseil patriotique et les corporations. « Un pays efficace doit avoir un gouvernement efficace », clame à tous vents Harden. « L'inertie gouvernementale causée par l'appareil démocratique sert à nos ennemis. »

Étrange tout de même car plus le temps passe, plus l'ennemi tombe, alors qu'il est poursuivi, traqué par les sections spéciales de l'ESURNA. Cependant, plus l'ennemi tombe, plus d'autres ennemis semblent faire surface.

— Ciel! le temps passe effectivement, alors que mon regard effleure ma montre-bracelet, je dois rentrer au bureau.

III

— Ça va, Monsieur?...

— Ça va, chéri?

Installé dans une cabine d'essayage, à me battre avec un pull, j'entends les voix de Virna et de la jeune vendeuse d'une boutique à la mode. Je tente de suivre la cadence, tel un ouvrier dans une de ces interminables chaînes de montage, alors que Virna, à coup de quatre morceaux à la fois, inonde littéralement l'espace restreint de la petite cabine d'essayage. Décidément, on a tout intérêt à être réveillé pour tenir le rythme lorsqu'il est question de magasiner avec ma femme. Elle sillonne systématiquement les magasins comme si elle y travaillait depuis toujours. Aucune chemise, aucun pantalon ne peut échapper à son œil de lynx.

Malgré que ce soit moi que l'on habille ici, je suis tout de même résigné à jouer un rôle passif et secondaire alors que Virna discute avec les conseillères en mode des nouvelles tendances. Un week-end par année c'est l'ultime rendez-vous, la longue quête vestimentaire. Une fois l'an, je cours les centres commerciaux pour m'habiller, question de remplacer mes vieux habits. Même si je déteste avoir à enfiler à tour de rôle quantité et quantité de pantalons, de pulls, de chemises et de vestons, je me considère toutefois privilégié de pouvoir compter sur Virna. Les *in* et les *out* qui font partie du vocabulaire usuel et qui désignent, l'espace d'un moment, la panoplie de vêtements qui façonnent les gens sont absents dans mon lexique. Dans notre monde, l'habit fait définitivement le moine, et principalement lorsqu'on est jeune. À voir l'argent et les ressources déployés dans l'industrie du vêtement, les styles qui changent au gré des saisons, il est fort difficile d'emboîter le pas et d'espérer suivre le rythme. Or, comme pour la mode, les choses changent de jour en jour dans ce pays si bien qu'il est pratiquement impossible ici aussi de suivre et de comprendre ce qui se passe vraiment. Depuis un bon moment, nous sommes sur le pied de guerre. Nos troupes ont envahi le territoire d'un pays limitrophe. Au nom de la liberté et au nom du patriotisme, Harden a lancé nos soldats pour la libération des nôtres, pour la reprise de nos terres ancestrales. Longtemps, paraît-il, les nôtres ont vécu sous le joug de nos voisins. Longtemps, paraît-il, ils se sont sentis humiliés, démunis, limités. Le temps est venu pour notre nation de se réaffirmer et de reprendre son rang parmi les grandes.

La *Terra nostra*, véritable culte de la nation, s'organise autour d'une littérature et d'un folklore ancestral. Plusieurs historiens et hommes de lettres ont fait rejaillir ces théories au grand jour. « Trop longtemps, nos ennemis ont enfoui aux confins du passé cette réalité dans le but de nous endormir, de nous réduire à l'esclavage. Les trusts étrangers ont profité de cette docilité accordée et surtout entretenue par nos partis politiques traditionnels. » L'expansion est donc nécessaire à la survie et à l'affirmation patriotique de notre nation. Et le président ajoutera dans un de ses nombreux discours enflammés : « La terre est l'expansion normale du corps humain. *Terre a, guerre a.* »

La société, dans l'œil de l'État, demeure sous surveillance. La nuit, des hélicoptères, munies de lampes halogènes, sillonnent le ciel, scrutent méticuleusement tous les quartiers de la capitale. Policiers et membres de l'OVRA, l'organisation de vigilance et de répression antipatriotique, une autre section spéciale de l'ESURNA, entrent sans mandat de perquisition où bon leur semble. L'intimité, qui tendait à disparaître, est maintenant chose du passé. Ainsi, la lutte contre les réfractaires au régime se poursuit de plus belle. En fait, elle semble s'intensifier à chaque jour. Surtout depuis qu'un groupe paramilitaire défie et attaque constamment le gouvernement. Ce groupe, qui se fait appeler la « Tulipe blanche », selon les sources officielles, serait orchestré par des communistes, des anarchistes et d'anciens syndicalistes. Tracts et pamphlets, aux invectives violentes contre le régime, somment le peuple à se libérer de l'emprise du gouvernement. « Lentement, accuse la Tulipe blanche, les serres de ce gouvernement fantoche se sont refermées sur nous, étouffant les quelques bribes de démocratie que nous avions. Il est temps pour nous de se débarrasser de cette pourriture, de cette crasse ignoble. »

Boîtes aux lettres et bureaux ministériels sont régulièrement la cible de colis suspects et de cocktails Molotov. Quelques attentats ont aussi été perpétrés contre certains hauts placés du gouvernement. Avec cette guerre urbaine, il n'est vraiment plus possible d'être en sécurité nulle part. Ainsi, pour maintenir la sécurité collective, le gouvernement a imposé deux nouveaux décrets : Nuit et Brouillard. Dorénavant, toute personne coupable de crime contre le gouvernement ou contre une troupe en occupation militaire devra être exécuté sur le champ (Nuit) ou déporté (Brouillard) sans toutefois avoir la possibilité de contacter qui que ce soit. Un coupable lié de près ou de loin aux membres de la « Tulipe Blanche » est pour sa part automatiquement décapité. Le décret de Nuit est devenu, selon les termes utilisés par le gouvernement de Harden, un véritable « assassinat légal ».

Depuis donc, le soupçon a laissé sa place à la paranoïa, une paranoïa que l'on dit être nécessaire au bien de la collectivité. « L'État doit prendre des mesures extraordinaires pour une situation extraordinaire. » En fait, il est devenu fort difficile de ne pas avoir de tracas avec les autorités. D'ailleurs, un marchand, qui transportait un buste de Harden, a été arrêté et placé en camp de travail pour l'avoir attaché avec une ceinture et accroché à son épaule!

Comme tout le monde dans le quartier, les membres de

l'OVRA sont venus à la maison. Même s'ils savaient que nos enfants sont membres en règle des Jeunesses patriotiques, ils sont restés tout de même une bonne heure. Précisément, leurs questions étaient orientées vers moi, sur mon travail au ministère.

— Henry!

Pas facile de suivre Virna dans le monde du commerce de détail. Elle s'arrête, comme ça, sans jamais me faire signe, pour regarder un vêtement. Il est aussi fort difficile de se trouver une place à l'abri dans une de ces boutiques. Les gens vous malmènent, vous marchent littéralement sur les pieds, comme si vous n'étiez pas là. Dans les centres commerciaux, les gens sont comparables à des zombies, tous absorbés, enfermés dans leur bulle. C'est peut-être un des seuls endroits maintenant où il est possible de relâcher un peu la tension. Certes, les gens sont de plus en plus nerveux. Même ici, il y a une certaine tension, un malaise qui plane comme une ombre qui s'étend sournoisement.

D'ailleurs, Virna aussi est beaucoup plus tendue. Les marques d'un souci constant habite désormais son beau visage. Contrairement à moi, ma femme a toujours été très près de ses instincts. En fait, il m'a fallu du temps avant de comprendre véritablement le malaise collectif qui s'empare de nous tous, malaise qui s'installe peu à peu dans les choses les plus simples de nos vies. Tiens, prenons par exemple le magasinage. Le complexe commercial que nous fréquentons est maintenant équipé de détecteur de métal aux portes d'entrées et un nombre croissant de policiers – oui, oui, de policiers et non les habituels gardiens de sécurité – qui sillonnent la promenade, opérant aléatoirement quantité de fouilles.

Et, chose que j'ai constatée, les policiers semblent de plus en plus jeunes, des adolescents tout au plus, à peine du poil sur le menton. L'État leur donne une formation militaire et leur fournit une arme et un uniforme. L'uniforme fait partie de ce sentiment d'appartenance au régime, à la nation. Même Harden ne le quitte jamais.

D'ailleurs, régime et nation se fondent, se confondent, littéralement imbriqués l'un dans l'autre, alors qu'il est impossible de les dissocier. En fait, seul l'État existe. C'est un organisme entier, complet, avec le cœur et les os. L'individu, son sang, devient une unité au service du régime. « Tu n'es rien, l'État est tout », dicte sans cesse le gouvernement, alors que continuent de s'entasser les slogans.

En ce qui me concerne, les ennuis par rapport au régime s'arrêtent là. Conscient que les choses auraient pu être forcément pires. Je dis pires parce que la paranoïa collective a atteint des proportions inimaginables. Et ce que je m'apprête à raconter semble relever du pur délire, du moins, d'un de ces trucs de science-fiction à la télé. Les récentes conclusions d'un groupe de chercheurs, conclusions qui ont été publiées en partie dans *La Patriae*, ont entraîné des conséquences funestes et macabres pour plusieurs compatriotes. Il semblerait que les porteurs du groupe sanguin *ORH négatif* sont sujets à la félonie, la lâcheté, mais surtout, à la traîtrise, donc, éventuellement des citoyens anti-patriotiques. Suite à cette nouvelle inquiétante, une multitude d'autres études, abondant dans le même sens, sont venues renforcer la thèse. Un certain docteur Wander, probablement le plus virulent d'entre tous, est même allé jusqu'à dire qu'il était urgent de prendre des mesures nationales pour enrayer le phénomène. Rapidement, ce Wander est devenu une des figures de proue au Ministère de la Santé publique. Ainsi, chacun de nous a dû subir une analyse de sang. L'objectif étant de dépister ceux et celles qui sont porteurs. Au départ, l'opération était un geste purement patriotique et recevait des félicitations de la part du gouvernement. Or, rapidement, le test de dépistage est devenu un devoir. Problème cependant, puisque même si seulement une petite partie de la population est porteur de ce groupe sanguin, Cela n'en demeure pas moins compliqué, puisque le *ORH négatif* est aussi le donneur universel, donc, probablement déjà introduit dans le corps de plusieurs d'entre nous. Antérieurement, après un accident ou dans le cas de personnes qui nécessitent des transfusions sanguines à répétition, il n'était pas commun de demander la nature du sang qu'on vous injectait dans les veines. Ainsi, les possibilités « d'infection » sont presque infinies. Je parle d'infection puisque rapidement le gouvernement a mis en place tout un système d'élimination de ces êtres abjects. D'abord enfermés dans les camps de travail du gouvernement, déportés ou internés dans des asiles gouvernementaux, ces « indésirables», dont les veines regorgent de ce fiel écarlate, se voyaient automatiquement écartés de la société. Or, par chance, aucun membre de ma famille immédiate n'a été dépisté ou n'est susceptible de posséder la moindre trace de ce mélange négatif.

Une section spéciale des membres de l'ESURNA sillonnent systématiquement garderies, écoles et collèges dans le but de dépister les jeunes cas de *ORH négatif*. Même les centres pour personnes âgés sont la cible des Sections pour la pureté sanguine (SECPURSAN). Le gouvernement, à cet effet, a annoncé tout un plan de « redressement social » dont le but est de réintégrer les enfants et adolescents « empoisonnés ». Toutefois, la rumeur court — et il semble que l'origine provienne de la Tulipe blanche — que ces *persona non grata* sont en fait éliminées systématiquement, qu'elles sont exécutées. En vérité, ce ne sont pas vers des camps de travail que ces malheureux sont dirigés, mais plutôt vers la potence. Que ces hommes et ces femmes, que ces vieillards et ces enfants sont dirigés tout droit vers la mort, une mort a forte odeur de cyanure. La Tulipe blanche pousse ses accusations jusqu'à la dérision en prétendant aussi que des crânes, des montagnes de crânes, tous perforés, sont entassés dans ces camps de la mort et que les corps auxquels ils appartiennent sont jetés dans d'immenses fosses communes.

L'horreur, selon la même source, continue de dépasser les frontières de la cohérence : on va jusqu'à prétendre que certains enfants au sang proscrit seraient utilisés à titre de cobayes pour des expériences médicales de toutes sortes.

L'armée profiterait aussi de certaines expériences en haute altitude, de survie en eau froide, question de savoir comment nos soldats se comporteraient dans d'éventuelles situations.

Ainsi, dans un mouvement de paranoïa indescriptible, les gens se procurent des laissez-passer auprès de médecins, amis ou membres de leurs familles, pour éviter des problèmes éventuels avec l'État. D'autres, en moyen financier, achètent carrément de fausses certifications authentifiées par des spécialistes. Par conséquent, tout un marché noir s'est développé et pour contrecarrer ce réseau de faux certificats médicaux, l'État réclame fréquemment des contre-expertises. Certains autres, moins fortunés, se camouflent dans des sous-sols, dans des pièces cachées derrières de faux murs chez des amis ou des membres de leurs familles. Le gouvernement avise que ceux et celles qui seront pris à cacher des « infectés » courent le risque d'être accusés de traîtrise et de finir eux aussi dans un camp de travail. L'État, ici aussi, encourage la délation, geste devenu depuis longtemps un devoir patriotique. Dans sa liste des « impurs» et des « infectés» le gouvernement ajoute aussi les gais et lesbiennes. Traqués comme de véritables bêtes, ces marginaux doivent fuir alors que l'homosexualité est proscrite. Le gouvernement continue aussi de sévir contre les fumeurs et les obèses. La guerre contre ces autres « contre-nature » s'est intensifiée de plus belle. Ainsi, il est maintenant interdit de fumer où que ce soit et les réfrac-taires sont passibles d'internement. Quant aux gens qui souffrent d'embonpoint chronique, ils sont forcés à tenir des cures d'amaigrissement rapide sous peine de perdre leur emploi, leur permis de travail et de se retrouver dans les camps.

Ces perspectives apocalyptiques me glacent littéralement les os. Comment peut-on croire à tout cela? Est-ce possible d'imaginer l'inimaginable? Je tente de me rappeler, alors que Virna essaie à son tour un chemisier, où tout cela a bien pu commencer. Quelles sont les premiers balbutiements, les origines de ce qui commence à ressembler étrangement à un dérapage absurde? Je ressens d'ailleurs depuis quelque temps moi aussi un poids, comme une masse qui me pèse sur le dos. C'est la première fois que je ressens quelque chose de semblable. J'en ai parlé à Virna. Curieusement, c'est comme si c'était la première fois que nous avions une discussion qui portait sur autre chose que les enfants. Entre nous, tout fonctionne, tout a toujours fonctionné. Jamais de problèmes, jamais d'impasses, jamais de questions. Nous nous sommes mariés, ensuite sont venus tour à tour le boulot, la maison, les enfants.

Et le temps a passé. Pour elle, c'est plutôt le sentiment de manquer d'air, comme si elle portait constamment un de ces colliers de chien, collier d'étranglement qu'on utilise pour dompter l'animal. Comme si elle était prise dans un étau et que tranquillement, telle une grenouille qui boue graduellement dans une marmite, son corps tout entier s'engourdissait. Je crois, moi aussi, ressentir la même chose et que les nombreux visages inanimés que je croise chaque jour, transportent eux aussi ce lourd fardeau. Notre société, muselée, suffoque alors que j'en prends dramatiquement conscience. Un point me traverse littéralement la poitrine…

Cinquième partie
L'oxygénation

I

— À table tous! Virna, passant la tête avec énergie par la fenêtre ouverte donnant sur le jardin de chez Madame Russells, nous convie au dîner. Le dimanche, c'est un rendez-vous hebdomadaire. Elle et ses sœurs aident Madame Russells à préparer le repas pendant que le reste de la meute cause de tout et de rien au jardin. Les soupers en famille pour Virna sont essentiels, immuables, et ce, malgré les invectives servies constamment entre les membres de la famille. Chez les Russells, c'est toujours la tendre guerre, une guerre où chacun y va de sa propre stratégie. Certains présentent un arsenal imposant où tout est calculé, organisé, d'autres, plus émotifs, frappent ici et là chaque fois qu'une occasion se présente.

On peut aussi remarquer, lorsque l'on observe attentivement les jeux d'influences, qu'il y a deux pôles d'attraction, deux personnes plus influentes que les autres. D'abord Madame Russells, véritable pilier de la famille, dont le regard inquisiteur demeure *ipso facto* une invective en permanence. Ensuite, il y a le beau-frère de Virna, John, un policier, le genre, pour emprunter les mots de George, de « flicard qui sait tout ». Dans une danse continuelle, chaque membre de la famille entretient sa propre névrose, tentant de trouver à qui mieux mieux l'approbation de ces deux centres d'attraction psychologiques. Curieux de constater aussi comment les adultes ont inclus rapidement les enfants dans ce manège, alors que s'accumulent, dans une collection de statistiques, leurs résultats sportifs et académiques.

Or, je crois bien que malgré cela, rien ne pourrait atténuer l'importance de l'unité familiale des Russells. C'est un accord tacite, une espèce de symbiose, une unité forcée, certes, marquée par la dépendance de tous envers chacun. Drôlement important ces derniers temps, particulièrement depuis que les occasions de déplacement se font de plus en plus rares.

En effet, il est devenu de plus en plus difficile de circuler, de se déplacer dans les villes et les campagnes sans avoir à répondre à l'un des milliers de postes d'identification qui sillonnent le pays tout entier. C'est que suite à une série d'attentats et de fuites d'informations démesurée, le gouvernement a établi un contrôle sur la circulation en émettant d'abord des permis pour le travail et les visites les week-ends. Ensuite, pour assurer un contrôle total sur les déplacements, l'État a introduit une carte unique, la « carte d'unité productive ».

Beaucoup plus qu'une simple carte de circulation, la carte d'unité productive permet aussi à l'État d'avoir un registre complet sur chacun des individus. Ainsi, origine, déplacements, emploi du temps et même consommation sont enregistrés sur cette carte magnétique. Et il est d'autant plus important pour l'État de connaître nos habitudes de consommation en ces temps de rationnement. Ça permet, entre autres, de contrer le gaspillage. Avec cette carte unique, le gouvernement garde aussi un contrôle sur la monnaie fiduciaire. Puisque la carte sert à la fois de carte de débit et de crédit, l'utilisation de la monnaie sonnante est pratiquement disparue, sauf peut-être sur le marché noir. Le fait de savoir ce qu'achètent tous et chacun a permis à l'État de débusquer certains opposants au régime. De fait, plusieurs livres proscrits ont été saisis.

En plus des postes d'identification, le gouvernement a installé, dans les grandes villes du pays, des postes de contrôle permettant aux membres de l'ESURNA et aux Jeunesses patriotiques de procéder rapidement à l'identification de chacun de nous. Chaque jour, dans cette véritable catalepsie sociale, des dizaines d'arrestations ont lieu au nom de la sécurité publique. Envoyés dans des centres de « réaffectation» sans aucune distinction, ces gens sont évalués avec les autres prisonniers d'état dans le but d'être « récupérés ». L'État, par le biais du Système de réaffectation sociale (SYSRESOC), oriente les détenus vers des secteurs d'activités où l'on souffre d'un manque chronique de main-d'œuvre, car ici, tout le monde travaille. Le nombre de soldats au front dépasse l'inimaginable et chacun de nous doit contribuer à l'effort de guerre, à l'assaut final.

Par ailleurs, les nouvelles concernant le front sont partagées entre la source officielle du gouvernement et la propagande désorganisée de la Tulipe blanche. Ainsi, en plus d'un tableau optimiste littéralement martelé par les médias, un portrait beaucoup moins reluisant, voire même inquiétant sur plusieurs plans, est dépeint dans les rues sous formes de tracts, de pamphlets et d'affiches. Chaque jour, la guerre interne s'intensifie. Collaborateurs et membres de ce qu'il semble commun maintenant d'appeler le mouvement de résistance de la Tulipe blanche risquent la potence pour haute trahison et propagande haineuse.

Le discours des rebelles, composé de paroles d'horreur invraisemblables continue de se répandre et semble provenir d'un autre monde, d'un monde quasi fictif. Ce discours prétend maintenant que certains commandos spéciaux, drogués et bourrés de stéroïdes, sont envoyés au front en sacrifice dans le but d'ouvrir une brèche psychologique chez l'ennemi étranger. Ces « commandos de la mort » seraient composés de détenus jugés « irrécupérables» par le système d'affectation sociale et serviraient de chair à canon, espèce de salut donné au nom de l'État.

Étrange effectivement puisque à chaque jour, l'État souligne la dévotion extrême et le courage des patriotes qui tombent au combat. À la télévision, chaque matin, après l'hymne national et le salut au drapeau, le président salue la mémoire de ceux qui sont morts pour la liberté.

Les nouvelles du front sont également très bonnes si l'on

se réfère à la multitude de reportages et de bulletins spéciaux qui inondent systématiquement les ondes télévisées. Et pour contrecarrer les effets de « la propagande haineuse » de la Tulipe blanche, l'État a fait installer des téléviseurs un peu partout dans les lieux publics, les places et aux carrefours des avenues. De cette façon, il est possible d'avoir des nouvelles en permanence du front. D'ailleurs, la télévision présente, presque 24 heures sur 24, la guerre en direct. Chaque jour, les images de soldats, dans un zèle presque messianique, se portent à la défense de notre pays. Le thème de la guerre et d'une victoire imminente est aussi repris abondamment au cinéma et dans les séries télévisées. Depuis quelques années, la télévision est devenue l'activité de divertissement par excellence. Les émissions de télé, tous plus intéressantes les unes que les autres, se suivent dans une échelle d'appréciation qui croît au fur et à mesure que la journée avance. Au programme, autant de la variété, de l'aventure que de l'action. Bonne chose en ces temps difficiles, surtout depuis que les occasions de sortie se font rares.

Donc, afin d'assurer le contrôle et le maintien du travail des autres détenus, ceux qui ont été évalués comme « récupérables », le gouvernement a mis en place un système de sécurité qui permet l'utilisation de ces hors-la-loi pour l'entretien des autoroutes, des parcs et des places publiques. À l'aide d'un collier à puce informatisé, l'État peut savoir où sont ces prisonniers en tout temps. Un signal est capté par satellite et est ensuite transmis à une base où les autorités peuvent les suivre à la trace. Ceux et celles qui tentent de s'échapper sont éliminés. Ainsi, le système carcéral est devenu rapidement un système de travail. Car tout le monde doit contribuer à l'effort de guerre.

Après tellement de changements, tellement de restrictions, l'engouement pour le football demeure probablement une des seules choses inchangées dans ce pays. En tout cas, Fallow demeure certes une des seules personnes que je connaisse à garder le moral. Pour le reste, il m'est difficile de même me rappeler comment c'étaient auparavant alors que Sara, la sœur de Virna, me demande, une fois de plus, ce que je fais au Ministère du Revenu.

— Actuaire Sara, Henry est actuaire, affirme John à sa femme avec conviction.

— Je suis comptable, je ne suis pas actuaire.

— Quelles sont tes tâches, Henry? reprend-il d'un ton plus qu'assuré.

Après une élaboration rapide et fort incomplète des diverses tâches qui m'accablent au Ministère, John conclut avec empressement et détermination : « Tu es actuaire, Henry, actuaire! »

Toujours avec un verbe conjugué à l'impératif ou une phrase dite à l'affirmative, John observe et définit sans cesse à voix haute l'univers qui l'entoure. Dans la famille Russells, comme dans ce pays, le flic occupe un rôle de premier plan. Principalement à cette époque où l'État dans sa totalité est sous surveillance, le policier devient un personnage central, une espèce de nouvelle vedette montante. Effectivement, le policier dans notre pays est devenu sans contredit le chien de garde de la sécurité collective. Son pouvoir croît à chaque jour alors que sont restreints petit à petit les gestes et les agissements de chacun de nous. Et ce pouvoir bat au rythme de la paranoïa collective et va jusqu'à se confondre avec le pouvoir du gouvernement. Enfin, le policier, comme on nous le rappelle sans cesse à coup de slogans, est source de liberté : « La liberté c'est la sécurité, la guerre c'est la paix », répète inlassablement le régime, comme le son d'un tambour qui marque le pas des soldats. Ainsi, pour assurer son avenir, il faut devenir policier.

Mon fils Karl a très bien compris. Il a entrepris, il y a deux ans, des études pour devenir flic tandis que Elena, elle, a choisi le génie civil. Karl travaille aussi à la surveillance de quartier. C'est qu'actuellement, tout ce qui ressemble de près ou de loin à un policier doit obligatoirement être disponible pour la sécurité civile. C'est une façon pour Karl d'éviter le front.

Pas de doutes, les enfants semblent bien partis dans la vie. Pas vraiment d'inquiétudes pour eux à ce sujet. Certes, les coûts sont exorbitants mais par chance, ils ont presque terminé leurs études.

Et du travail comme policier, il y en a. De facto, les complots et attentats se multiplient, plaçant le pays en état de siège permanent. Écoles primaires et secondaires inculquent discipline et rigueur aux futurs citoyens. L'esprit policé est intégré en chacun de nous. Tous et chacun doivent « servir, obéir et protéger l'État ».

Tout de même curieux que l'on me demande encore ce que je fais dans la vie, alors que John poursuit son laïus. Comme si je n'avais jamais répondu à la question auparavant. Difficile de parler lorsque, durant toute une soirée, on remarque à peine votre présence. Surtout lorsque subitement on vous accorde quelques minutes pour littéralement cracher ce que vous êtes. Dans ces moments-là, ma langue est complètement paralysée tandis qu'un mince filet de voix, comme venant d'outre-tombe, cherche à faire son chemin au milieu de cette indifférence chronique. Les mots sortent de façon décousue, désorganisée, contribuant de fait au découragement de mon interlocuteur.

Cependant, je n'en tiens pas vraiment rigueur à Sara, la sœur de Virna, c'est une femme peu présente. Je sais qu'elle tente de socialiser, que cette question lancée maladroitement n'est que prétexte à engager la conversation. Difficile lorsque votre mari détient la vérité et se fait un devoir d'être de toutes les conversations. Véritable coqueluche au collège, Virna me disait que depuis son mariage, Sara s'est systématiquement effacée, croulant, depuis, sous le regard imposant et omni-présent de son mari.

Autour de la table de Madame Russells, les sourires, comme les denrées, se font de plus en plus rares. Le regard de chacun semble porter un lourd fardeau, entraînant une macabre atmosphère. Les silences que j'affectionne généralement sont ici pleins de suspicion. Car même en famille il faut garder l'habitude de peser ses propos, il faut se méfier. Partout, l'atmosphère est lourde, oppressante, telle les romans de Kafka. Oui, kafkaïenne est une bonne façon de décrire l'atmosphère étouffante et stressante qui nous habite en permanence. C'est un peu comme si, tranquillement, nous étions tous tombés dans une profonde léthargie, dans un état de paralysie totale. Comme si l'atmosphère accablante frappait d'impotence toute forme d'initiative et de spontanéité. Et c'est particulièrement difficile pour Virna. Éternelle positive et spontanée, elle combat tant bien que mal contre les mauvais vents. À chaque jour, je peux littéralement palper le sentiment d'oppression qui la gagne.

Les denrées elles aussi se font rares. Le rationnement obligatoire fait en sorte que plusieurs produits manquent au quotidien. Depuis le début de la guerre, l'accumulation de biens et le stockage sont formellement interdits. Des peines sévères attendent les contrevenants. Tout, absolument tout est centré sur la chose militaire. Les usines et chaînes de montage comme les hommes de ce pays sont tous canalisés vers la victoire. La construction de voitures a laissé presque totalement sa place à celles des tanks, des jeeps et des avions de guerre.

Or, il semblerait que même la science soit au service de la guerre. La Tulipe blanche continue de répandre, tel un venin, sa vision apocalyptique de la « solution finale » du régime Hardenien. Rumeurs par-dessus rumeurs, sans cesse de plus en plus absurdes, affligent le gouvernement de toutes parts. La dernière rumeur affirme qu'un groupe de chercheurs et de scientifiques travaillent, à partir des cellules de nos meilleurs soldats, à faire des clones. À l'heure actuelle, dans des laboratoires secrets, il semblerait que des embryons humanoïdes évolueraient à un rythme effréné dans le but de rejoindre les soldats au front. Le simple fait d'en parler est devenu un crime. Le simple fait d'y penser, me paralyse d'effroi.

— Il me semble que tu a pris du poids, Virna, lance tout à

coup Clara, dans un venin dévastateur.

— Jamais de la vie! de répondre illico Madame Russells.

Clara, la deuxième sœur de Virna, est une compétitive chronique dont la jalousie empoisonne l'existence et celle des autres. Commentant sans cesse cheveux, vêtements, voitures et maisons, elle égratigne avec véhémence chacun d'entre nous. De sa bouche sort de plus en plus fréquemment un fiel toxique, finement macéré et réservé à tous ceux qui sont autour. C'est peut-être normal après tout. C'est sans doute le seul endroit où il est désormais possible de critiquer librement sans avoir de représailles. Car pour le reste, toute forme de remarque devient critique contre l'État et peut servir à l'ennemi. C'est sans doute pour ça que tout un chacun, dans les dîners en famille, en profite allègrement pour y aller de ses attaques.

Virna ne connaît pas la méchanceté et ne s'est jamais vraiment sentie menacée. Règle générale, les commentaires funestes et vitrioliques que lui sert abondamment sa sœur Clara tombent avant de l'atteindre. C'est que si la plupart des gens ont tendance à voir le verre à moitié vide, Virna, en revanche, le voit à moitié plein. Cependant, des nuages noirs assombrissent depuis quelque temps ses yeux magnifiques. Son minois, la plupart du temps plein de lumière, laisse paraître un orage ténébreux. Il en va de même pour son entrain. Toujours débordante d'énergie, Virna a de plus en plus besoin de sommeil, comme si les nuits ne suffisent plus à l'énergiser. Cette fatigue semble aussi déteindre sur son humeur alors qu'elle multiplie les signes d'impatience. Et Madame Russells s'en rend bien compte. Jamais au grand jamais aurait-elle auparavant pris le loisir de répondre pour l'une ou l'autre de ses filles. D'autant plus qu'elle sait que Virna est bel et bien capable de contre-attaquer.

Le soleil tombe peu à peu, annonçant la fin éventuelle de cette autre rencontre familiale, seul véritable moment de chaleur humaine de la semaine. Ensuite, c'est le retour au cloître, le retour à une existence sans vie. Pour ma part, je me considère encore privilégié de vivre avec ma femme et mes enfants. Certes, le flot de la vie cherche à nous éloigner les uns des autres, et il y a les enfants qui vieillissent, mais les contacts humains demeurent, surtout avec Virna. Ma femme en ressent d'ailleurs plus que jamais le besoin. Les contacts humains ont toujours été essentiels pour elle. Toutefois, les événements actuels tendent à la rapprocher de moi. Il m'arrive souvent de me réveiller au salon, les soirs de la semaine, après avoir dormi tranquillement devant le petit écran, et de constater qu'elle s'est installée, silencieusement, tout près de moi. Subtilement, je prends maintenant le divan et m'efforce, tant bien que mal, de ne pas dormir, question de profiter moi aussi de cette présence. Je me réveille aussi fréquemment la nuit pour la sentir blottie contre moi.

Certains silences entre nous sont toujours présents, mais ils portent en eux des traces de tendresse, une tendresse que je croyais disparue depuis bon nombre d'années. Je regarde tranquillement tomber le jour, un Jack Daniels à la main, et caresse au passage du regard le doux visage de Virna qu'il me tarde de retrouver.

II

—·Autre chose, Monsieur?

— Ça va merci. Installé au petit café à deux pas du boulot, je passe un peu de temps avec mes pensées. Je me rends ici quotidiennement, car j'ai gardé l'habitude de sortir tous les midis. Le café est presque vide. Seulement quelques personnes, anonymes, sirotent en silence cet élixir. Les gens sortent de moins en moins, craignant des représailles. Quant à moi, eh bien! je préfère nettement répondre à une batterie de questions que de passer mon heure trente du lunch au bureau. D'autant plus que je devrais avoir terminé de travailler et jouir de ma retraite depuis un bon moment déjà. Or, le grand besoin de main-d'œuvre et de ressources humaines compétentes et qualifiées fait en sorte que la retraite, dans mon cas comme dans celui de beaucoup d'autres, devra attendre. C'est un mal pour un bien car même si je suis libéré de la charge des enfants, le coût de la vie ne cesse d'augmenter et les modalités économiques ont profondément changé ce qui fait en sorte que je dois travailler davantage pour atteindre les objectifs de retraite que je m'étais fixés au départ.

De plus, il y a la santé de Virna qui continue de m'inquiéter. Récemment, ma femme a dû passer une série de tests dans le but de déterminer ce qui ne va pas. Tellement de tests de toutes sortes que les services de santé, pour couper certaines dépenses, lui ont posé un cathéter en permanence. Nous attendons toujours les résultats. Comme l'ensemble des systèmes économiques et sociaux sont concentrés eux aussi sur cette guerre interminable, eh bien! il en coûte de plus en

142

plus cher pour avoir accès à un service hospitalier décent.

Affreusement cher, surtout qu'avec le manque criant de ressources, le rationnement et la rationalisation des services, le gouvernement a décidé de mettre en place une liste de priorité de malades. Ainsi, les hôpitaux de ce pays ressemblent davantage à d'immense salles d'urgence en permanence où s'entassent les lits dans les couloirs. Malades chroniques et vieillards, laissés-pour-compte, sont relégués à la toute fin de la liste des urgences de l'État, à moins évidemment que vous ayez de l'argent ou encore, vos entrées au gouvernement. C'est donc, en somme, une chance inouïe que je puisse continuer à travailler au ministère.

L'air au boulot reste vicié, un véritable poison. Autour de moi, depuis les dernières années, les gens demeurent sensiblement les mêmes, mais leur visage a changé. Chacun tente de survivre en silence sans l'aide et la compréhension des autres. Dans une lourde solitude, chacun de nous, tel un automate, traverse sa vie en témoin anonyme. Nos existences, tout comme nos conversations, sont vides, sans âme. Partout c'est le silence, un silence inhumain brisé par les perpétuels discours pré-enregistrés et servis à profusion sur les téléviseurs publics. Aucun attroupement, aucune rencontre spontanée. Tout est géré, planifié, conduit et dicté par l'État. Chacune de nos vies est douloureusement séparée et empaquetée indivi-duellement comme les sachets de sucres entassés dans les petits bols qui ornent les tables de ce café désert.

Les livres qui animaient autrefois l'endroit ont été rempla-cés par des téléviseurs branchés en permanence sur la station de nouvelles continues, station opérée par l'État. Quant aux autres stations de télévision, elle se font, en revanche, de plus en plus rares. L'État assure un blocage systématique des ondes qui permettent la transmission d'émissions étrangères. Il y va de même pour tout ce qui provient de l'extérieur du pays. L'accès Internet, qui permettait autrefois les échanges avec les autres pays et les autres cultures, a été remplacé par un réseau Intranet. Au moyen de quelques clics, vous trouvez les réponses à vos questions, réponses frelatées au préalable par le « Système de purification intellectuelle» de l'État. En fait, il faut à tout prix empêcher, de dire les autorités publiques, « la propagande perfide de nos ennemis, le pollution et la crasse intellectuelle des étrangers». D'ailleurs, il est fort difficile de vivre ici lorsqu'on provient d'une autre origine. Car si la suspicion s'abat sur chacun de nous, elle écrase littéralement les étrangers. C'est qu'avec le régime Hardenien, les origines de chacun importent, devenant même une question de sécurité publique.

Comme dans le cas des « impurs», ceux qui portent en eux un sang de type *ORH négatif*, les Gais et les Lesbiennes, les étrangers ont d'abord porté eux aussi une marque distincte pour être facilement repérables avant d'être placés sous surveillance pour finalement être internés. De nombreux raids ont été effectués sur les commerces et les boutiques détenus par plusieurs d'entre eux. Ces regroupements organisés, provenant des collèges et des universités du pays, ralliaient des dizaines de jeunes cagoulés, brisant portes et fenêtres, pillant systématiquement les endroits ciblés. Toujours, sous le regard médusé des autorités policières. Aucune poursuite, aucune représaille, dit-on.

Des camps de concentration spéciaux ont été finalement aménagés pour ces étrangers notamment et spécialement pour ceux qui proviennent des pays avec lesquels nous sommes en guerre. Ainsi, la valse des faux papiers se poursuivant de plus belle, chacun tentait désespérément de cacher ses origines.

Par ailleurs, dans le quartier, la population a changé. Les nombreuses arrestations et avis de recherche ont provoqué un mouvement d'exil. Plusieurs voisins sont disparus sans donner de nouvelles. C'est entre autres le cas de Wilbelieve, notre ancien représentant. Il semble qu'il aurait choisi de quitter le pays puisqu'il est devenu rapidement, comme dans le cas de plusieurs autres membres du gouvernement, *persona non grata*. Il est fort difficile de suivre la ligne ultra-patriotique du PPP.

La guerre à l'intérieur aussi s'intensifie. Le gouvernement applique systématiquement le décret Nuit en vue de l'élimination du mouvement de résistance de la Tulipe blanche, mouvement qu'il considère comme une véritable contagion pour la société. Et vraiment, la Tulipe blanche donne des impressions de peste puisqu'elle se répand de plus en plus et ce, malgré le fait que certaines condamnations et exécutions ont été télévisées. D'autant plus difficile à mater puisque, même si, à chaque jour, les autorités civiles démantèlent un nouveau réseau de fausses cartes, qu'elles découvrent nombre de quartiers généraux dans les bas-fonds, les sous-terrains et les égouts de la ville, la Tulipe blanche, telle une épidémie, continue de faire de nouveaux adeptes dans les collèges, les universités du pays, dans les bars et les cafés. Or, il semble que le gouvernement, malgré les efforts extraordinaires déployés pour enrayer l'hémorragie, ne parvienne pas à museler les rebelles. Partout, l'information passe sous le manteau, déjouant les contrôles instaurés par l'Index et le système de purification intellectuelle alors que la propagande incessante de la Tulipe blanche retentit, comme l'eau qui s'échappe d'une passoire : « Nous n'abandonnerons jamais. Tant et aussi longtemps que l'un de nous sera debout pour libérer le pays de la vermine hardenienne. » C'est vraiment devenu la bête noire du régime. Impossible d'associer, dans le vocabulaire usuel, les mots « Tulipe» et « blanche ». La fleur, victime de cette guerre, a d'ailleurs été bannie du paysage. Un type a même eu des représailles pour en avoir fait pousser dans ses plates-bandes! Quant au vocabulaire usuel, il est lui aussi sous l'emprise de l'État. Priest, le ministre de la propagande, rappelait en ce sens que « les mots sont des armes redoutables dans les mains de nos ennemis », que les mots, à la longue, « sont plus forts que les canons ». Ainsi, dictionnaires, encyclopédies et livres d'histoire sont apprêtés à la sauce hardenienne. Pendant que de nombreux personnages et héros de notre histoire ont disparu, d'autres, en revanche, prennent désormais des places démesurées. Généraux et ministres actuels inondent les encyclopédies. On retrouve pas moins de vingt pages avec photos pour déterminer l'œuvre de notre Président Richard Harden. Dans les livres d'école, on ne conjugue plus *aimer*, verbe peu à peu remplacé par *obéir*. Car ici, maintenant, aimer c'est obéir. Et ce qui fait l'homme n'est pas sa colonne mais plutôt son genou. Ce qui fait l'homme, ce n'est pas sa capacité à rester debout, bien droit, mais celle de plier l'échine.

Le téléviseur annonce en grande pompe une nouvelle percutante. Carrément abasourdi, j'arrive à capter quelques bribes d'information sur l'un des téléviseurs. Le Président aurait été arrêté avec sa femme et quelques acolytes à la frontière du pays. Fuite? Impossible! Ces mots retentissent comme un marteau sur une enclume. Le temps s'immobilise.

Sixième partie
Le respirateur

I

— Monsieur Baxter, Monsieur Baxter! Il faut vous lever maintenant!

La voix de Mademoiselle Hope me sort d'un profond sommeil.

— C'est l'heure de vous lever, comme vous me l'avez demandé.

C'est une habitude que j'ai prise. Je fais la sieste tous les jours, à la même heure, à peu de chose près.

J'ai 86 ans, et je vis maintenant dans une de ces maisons où l'on installe ceux qui ont terminé de produire, ceux qui ne sont désormais plus rentables pour la société, ceux que l'on appelle les vieux. Virna m'a quitté. Un cancer. Durant sa longue et douloureuse agonie, j'ai pris dramatiquement conscience combien je tenais à elle, combien elle faisait partie intégrante de mon être. Aujourd'hui, c'est le désert, alors que la mort me courtise à son tour. Quant aux enfants, eh bien! ils ont leur vie à vivre, leurs propres enfants qui leur apportent autant de joie que de soucis.

Ici, les journées ressemblent à l'attente dans un réfectoire, l'attente du destin absurde réservé à tous les hommes. Chaque jour, l'un de nous tombe au combat de la vie. Autour de moi, alors que Mademoiselle Hope me conduit au grand parc adjacent à cette maison de retraite, s'entassent les appareils respiratoires et les fauteuils roulants des quelques contemporains qu'il me reste. Étrange que ce sentiment de ne plus connaître personne, de voir disparaître tous ceux que vous avez connus, tous ceux qui vous ont été chers.

— Merci, Mademoiselle Hope.

— Je reviendrai vous chercher pour le dîner.

J'aime venir dans ce parc. C'est un des seuls endroits qui a gardé certaines cicatrices du cauchemar hardenien. Les petits murets, complétés d'arbustes, portent des graffitis constamment entretenus. Ainsi, malgré les interventions répétées des autorités civiles et les grandes séances de nettoyage, un seul et même slogan revient, bravant sans cesse les fonds de peintures qui tentent de le museler : JAMAIS PLUS!

En effet, il est inquiétant de constater que la majorité d'entre nous a oublié l'aventure, fruit d'une espèce d'amnésie collective causée sans doute par l'indifférence et le divertissement. Alors qu'une minorité se souvient des événements et du dérapage, très peu se rappellent du dénouement de ce drame humain. L'épisode, d'ailleurs, a pris, au fur et à la mesure que les années passent, des proportions plus grandes en devenant de plus en plus complexe, chargé d'innombrables détails de toutes sortes.

Grosso modo, l'histoire officielle révèle que le président, sa femme et quelques proches collaborateurs ont été arrêtés alors qu'ils cherchaient à quitter le pays. Déguisés en voyageurs étrangers, ils auraient tenté de s'enfuir en catimini pendant que les forces ennemies pénétraient tranquillement dans le pays. Rapidement, un tribunal révolutionnaire s'est constitué autour de chefs résistants et dans une confusion totale, les coupables auraient été exécutés froidement, d'une balle à la tête, comme des chiens enragés que l'on abat. Au même moment, le pays sombrait dans la ruine et le désordre social. Les victoires militaires de moins en moins fréquentes, un besoin criant de ressources humaines et de matières premières ont placé notre nation dans une crise générale. Le rationnement et par la suite la rareté des produits de consommation, souvent essentiels à la vie de tous les jours, ont provoqué un mécontentement général et accentué la chute du régime.

Ainsi, la main invisible du grand capital a frappé, écrasant son enfant, l'être qu'elle avait elle-même engendré. Le corps de Harden et des autres victimes ont été donnés à une foule en colère en guise de condamnation. Lapidation et flagellation ont été les derniers sacrements offerts au chef du PPP.

Depuis, la dictature des uns est remplacée par celle des autres, celle imposée dorénavant par les pays vainqueurs. Ainsi, la stabilité, la fragile stabilité de notre pays, dépend des pays étrangers alors que les gouvernements se suivent, dans un hourvari de confusion et de corruption. Au lendemain des événements, les quelques chefs politiques anti-hardeniens encore vivants ont été mandatés et supervisés par la communauté des vainqueurs pour organiser un référendum afin de demander au peuple, un peuple affligé et meurtri par cette ineptie collective, de choisir le type de régime politique désormais convenable à leur pays. Le *vox populi* a choisi : le système républicain se poursuivra, cependant, non sans conséquences. L'essoufflement, la désillusion et le danger d'une autre dictature plane toujours, comme un couperet au-dessus de nos têtes. La république vacille, oscille, tentant désespérément de retrouver son souffle. Le système politique est au ralenti, tel un organisme vivant branché sur un respirateur.

Venir ici est pour moi une bonne façon de me souvenir, de ne pas oublier. Il faut garder ce dérapage en mémoire afin que d'autres générations se rappellent. Il faut être responsable autant de ses gestes que de ses inactions. C'est pour cela, entre autres, que je viens ici tous les jours.

Mon silence, comme celui des autres, a contribué à entraîner cet holocauste, donnant la potence à tout près de 15 millions de personnes alors que des milliers d'autres ont choisi l'exil. Et 15 millions demeure encore aujourd'hui un chiffre conservateur car le chiffre augmente dans la mesure où les découvertes se succèdent. L'essence de la vie, anesthésiée par le matérialisme et l'opulence, m'a éloigné durant toutes ces années du véritable sens de la vie. C'est le tragique et récurrent combat entre être et avoir. Dans ce combat, posséder des biens matériels empêche souvent de posséder sa propre existence. Mais qu'ai-je aujourd'hui? Que suis-je? Un simple collaborateur anonyme de ce désastre humain. Quel gâchis. C'est maintenant que j'en prends affreusement conscience, que j'en mesure pleinement la portée. Tant d'années à craindre le communisme, l'anarchisme, le socialisme alors que la véritable menace provenait de notre système capitaliste d'économie mixte, du système basé sur la société de consommation et de production de masse, système en perpétuelle crise économique, système enfin, dont l'ordre et la sécurité sont assurés par le droit. Or, il y a un véritable danger lorsque le bon jugement fout le camp au profit d'un code de lois. Il y a un danger certain à vouloir tout gérer, tout contrôler. Dans la vie, comme en société, il y a des zones grises, des zones indéfinissables. Vouloir les figer dans un système ordonné, contrôlant, entraîne forcément la dictature. Il est fort dangereux de se croire à l'abri et en sécurité au simple nom de la société de droit. La suite est logique et inhérente : la ligne reste mince entre le totalitarisme et la dictature de la raison, entre le totalitarisme et la dictature des hommes.

Plus insensé encore demeure l'horreur des camps de concentration où étaient entassés, les uns sur les autres, ceux que l'on identifiait comme exclus, irrécupérables et impurs. Car, parmi les « récupérables » il y avait aussi des « irrécupérables ». Ce nombre augmentait au fur et à mesure que la pression s'intensifiait. Absurde et incohérent en effet lorsqu'on apprend avec effroi que tout et absolument tout ce que prétendait la Tulipe blanche s'est révélé vrai. De fait, la découverte apocalyptique de montagnes de crânes perforés rappellent avec effroi, tels des témoins silencieux, une réalité démentielle.

D'abord euthanasiés, les « impurs», comme tous les autres ennemis du régime, ont connu rapidement un autre sort. L'importance des frais encourus par l'euthanasie força rapidement l'État à trouver d'autres solutions, notamment, l'utilisation des abattoirs. En effet, le végétarisme de plus en plus à la mode, les abattoirs étaient de moins en moins utilisés. Ils devaient donc, dans la logique de cette société de récupération et de rationnement, servir à la solution finale.

C'est un à un, dans des couloirs sans lumières, que les « impurs » quittèrent définitivement notre monde absurde. À la vitesse de l'éclair, une tige de métal venait perforer leur crâne et atteindre le centre nerveux du cerveau, les tuant sur le champ. Or, question de pousser la bestialité humaine jusqu'au bout, certains scientifiques sont allés jusqu'à dire que la victime mourrait sans aucune douleur! D'autres informations manquent sûrement à ma connaissance et le fait de pousser ce raisonnement encore plus loin, le fait de penser à quoi elles pourraient bien ressembler, me lève littéralement le cœur.

D'autre part, je constate aussi aujourd'hui que la politique partisane n'a jamais eu de sens. Dans notre société climatisée, la démocratie n'est qu'une illusion. Parce qu'il est capable de consommer, de se divertir, chacun de nous s'occupe de sa petite affaire, laissant aux juges et aux technocrates le soin de gouverner selon leurs propres objectifs, ceux d'une ploutocratie organisée. Ceux-ci choisissent d'ailleurs leur propre chef à l'intérieur même de ce groupe sélect. Ainsi, les présidents qui se suivent à tour de rôle n'ont absolument aucune perspective, aucune stratégie à long terme, aucun scrupule. On ne fait que rapiécer, en espérant que le tout s'effondrera seulement lors du mandat d'un autre parti. Pendant que des décisions absurdes se prennent au profit des véritables leaders, le peuple reste noyé dans un océan de luxure compensatoire, d'oisiveté et de divertissement. C'est ce laxisme chronique qui entraînera toujours la radicalisation de la société, un cataclysme collectif.

La société de droit, le suffrage universel et la charte des droits et libertés fondamentales ne seront jamais en mesure de nous protéger d'un autre dérapage de ce genre. Les événements que nous avons vécus semblent avoir été inévitables, comme une suite prévue, comme un chemin tracé dans un sillon politique creusé depuis longtemps. La perte et l'inefficacité de la démocratie, accentuée par une sécurité chimérique que l'on croyait bétonnée grâce à la société de droit, nous a rejoint tranquillement, nous a mis en laisse, mis en cage.

De plus, les manifestations peu efficaces des groupes sociaux et des syndicats, muselées par l'indifférence générale, n'ont jamais fait reculer ces gouvernements théoriquement démocratiques et n'ont fait qu'exaspérer les tenants d'un régime dictatorial. Difficile de l'admettre encore aujourd'hui mais ce sont les gens comme moi, ceux dont l'action politique se limite à leur petite personne, qui ont appuyé Harden. Le petit bourgeois de la classe moyenne, trop occupé à arroser son gazon et à payer son hypothèque, laisse le sort de la collectivité dans les mains des autres. Les leaders du grand capital le savent bien et entretiennent ce « je m'en foutisme » notoire. Le matérialisme individuel est une prison dorée. D'ailleurs, l'annonce d'une décision importante se tient toujours dans un océan de banalités, que ce soit les résultats sportifs d'une équipe de football locale, les conditions météorologiques des quatre prochains jours ou encore, les derniers potins sur la vie privée d'un artiste.

Depuis déjà fort longtemps, l'État s'immisçait dans la vie privée des gens, allant même jusqu'à dicter quoi manger, comment s'habiller, ne pas fumer, ne pas engraisser même la façon d'élever nos enfants. Lorsque l'on enchaîne l'homme, qu'on le réduit à l'esclavage, on en fait un simple automate, piégeant son esprit dans un cadre défini. Lorsqu'on assassine l'homme politique, c'est l'homme qu'on assassine. Et la société, durant de longues années, s'est efforcée d'étouffer l'homme politique, l'étranglant lentement, sûrement. Le terrain était déjà miné, prêt pour un Harden. Car j'en suis convaincu, même si la seule idée d'y penser me glace les os : il y avait parmi nous plus d'un Harden. Maintenant, devant tout ce chienlit, je tente moi aussi de ramasser, comme d'autres, les éclats de société et de vie qu'il nous reste.

Ici, dans ce parc, il m'arrive souvent de penser à ceux que j'ai connus et presque instantanément, le visage de Windthorn fait surface. Ce vieil ami socialiste, je dois l'avouer, est un de cette race d'hommes qui plaçaient l'honneur avant même la vie. Windthorn avait raison. Il a eu tort d'avoir raison, et il s'est consumé avec les œuvres de Marx, Orwell, Camus et Gide.

Pour ma part, eh bien! je me suis lancé dans l'aventure du livre, maintenant qu'on ne les brûle plus. Je ne joue plus au bridge. De toute façon, il y a longtemps que mes joueurs ne sont plus. Tout le temps qu'il me reste et surtout, toutes les parcelles d'énergie que j'ai servent à ce projet que je me suis donné. Figer, à l'aide de mots sur du papier, les événements vécus.

Ce livre est une façon de me réconcilier avec moi-même, une façon de préparer mon départ, d'accepter l'absurdité de la fin, d'accepter la mort. Ayant survécu aux événements que je m'efforce de décrire, je cherche à briser ce silence dans lequel je me suis englouti. Je me suis tu pendant 86 ans, je dois maintenant parler, agir au nom de ceux qui y ont laissé leur vie, coupable de l'avoir fait.

Déjà, mes jambes ne me sont plus toujours fidèles et je dois, quelquefois, utiliser une canne ou un de ces fauteuils roulants disponibles au centre. Mademoiselle Hope, toujours très serviable, me reconduit ici, afin de me permettre d'accéder à mes souvenirs. À mon âge, les souvenirs sont nécessaires, voire essentiels. Ce sont eux, entre autres, qui me rappellent pourquoi il me faut continuer à respirer.

J'écris aussi parce que, pour une des rares fois dans ma vie, j'ai l'impression de vivre, de vivre pleinement. Les angoisses perpétuelles, les blocages, le syndrome de la page blanche, ainsi que cette crainte constante de ne pas pouvoir terminer, me procurent une sensation d'existence que je n'ai jamais ressentie auparavant. Ce projet me force aussi à respirer, alors qu'à la fin de ma vie, j'ai un goût pressant de vivre, mais surtout, une raison d'être là.

J'écris, enfin, ou je tente d'écrire, afin de ne pas oublier, afin qu'on se souvienne. C'est un peu un réveil, celui de quelqu'un qui a l'impression de ne pas avoir entendu le réveille-matin de la vie, il y a de cela trop longtemps. Un réveil que je dois sans doute à Windthorn. Et je dois faire vite car le temps me presse. C'est pour ça que je viens ici, tous les jours, depuis quelque temps, pour me conditionner à écrire, pour me rappeler la modeste mission que je me suis donnée, au crépuscule de ma vie. Modeste tâche, je dois l'avouer, parce que Windthorn disait souvent, en citant Goethe, « qu'au commencement, il y a l'action ». Or, j'ai tardé avant d'agir, trop tardé en laissant agir les autres, et aujourd'hui, je tente, comme mon vieil ami et tout ceux qui sont morts, de rester éveillé. Car j'espère qu'après ma mort, le livre permettra à ceux qui poursuivront de demeurer éveillés. Comme une espèce de cathéter, j'espère qu'il veillera à l'entretien des canaux, à ouvrir les orifices, permettant ainsi au sang de la conscience de circuler. Enfin, qu'il combatte les élans du totalitarisme, cette serre qui sans cesse menace la santé de notre collectivité. Le totalitarisme, système de la déraison, sommeille au fond de chacun de nous et tend sournoisement vers la destruction systématique de la société et de l'individu. C'est l'instinct grégaire, une bête féroce, un monstre qui sort les dents à la moindre occasion et qui mord dans tout ce qu'il reste d'humanité. Le totalitarisme, c'est le visage collectif de cet instinct, son visage étatique, son visage politique. Ainsi, pour demeurer éveillé, il faut être vigilant, conscient et savoir. Parce que la véritable liberté, et j'en prends conscience aujourd'hui, c'est de savoir. Sans le savoir, toute autre liberté devient futile.

J'ai cherché longuement un titre pour ce livre. Je me suis souvenu récemment du sentiment de suffocation que vivait Virna lors des événements. Cet *étau*, celui qui a étouffé la société et qui, se développant sous la forme d'un cancer, m'a enlevé la femme que j'ai aimée.

Alors que j'écris ces quelques lignes, j'observe un jeune enfant, à genoux, cherchant à redresser une fleur blanche qui lutte désespérément contre la bouche d'un canon, à demi enfoui dans le sol. L'acharnement et la détermination de ce bambin me rappellent, alors qu'une lourde larme glisse sur ma joue, qu'il y a toujours espoir, qu'il y aura toujours une Tulipe blanche pour percer les abîmes d'un jardin de ruines et de désolation.

Étrange paradoxe que l'homme, car où il y a l'homme, il y a à la fois bêtise et espoir. Où il y a l'homme, il y a la vie. J'en ai maintenant la certitude.

Table des matières

Première partie Le serre-tête 7

      I 8

      II 17

      III 23

      IV 30

Deuxième partie L'étreinte 33

      I 34

      II 40

      III 46

      IV 49

      V 55

      VI 61

      VII 64

Troisième partie L'étouffoir 73

      I 74

      II 81

      III 91

      IV 99

      V 103

Quatrième partie L'asphyxie 108

      I 109

      II 118

      III 124

Cinquième partie L'oxygénation 132

      I 133

      II 142

Sixième partie Le respirateur 147

      I 148

Les Éditions pour tous ont publié jusqu'à présent :

1-UNIVERS CITÉS de Pierre Ozias Gagnon, collection POÉSIE pour tous, 1990, 597 p., 30 $.
ISBN 2-9802131-0-1

2-MOTMAGES de Pierre Ozias Gagnon illustrations en couleurs par André Fortin, collection POÉSIE pour tous, 1990, 325 $.
ISBN 2-9802131-1-X

3-JOCELYN, tome premier, d'Eugénie Saint-Pierre, collection ROMAN pour tous, 1994, 153 p., 15 $.
ISBN 2-9802131-2-8

4-JOCELYN, tome deuxième, d'Eugénie Saint-Pierre, collection ROMAN pour tous, 1994, 165 p., 15 $.
ISBN 2-9802131-3-6

5-GÉRER LE CHANGEMENT ET RÉUSSIR de Raymond Landry, collection AFFAIRES pour tous, 1994, 260 p., 14,95 $.
ISBN 2-9802131-4-4

6-NEIGE de Florence Nicole, collection ROMAN pour tous, 1994, 366 p., 18,95 $. Épuisé.
ISBN 2-9802131-5-2

7-INSTANTS DE VIE de Nicole Fournier, collection VIVRE pour tous, 1995, 137 p., 12,95 $.
ISBN 2-9802131-6-0

8-THE WEEPING ANGEL de Louis-Paul Béguin, collection NOVELS For All, 1996, 229 p., 14.95 $ CA, 12,95 $ US.
ISBN 2-9802131-7-9

9-POÈMES DEPUIS LA TENDRE ENFANCE de Louis-Paul Béguin, collection POÉSIE pour tous, 1997, 241 p., 12,95 $.
ISBN 2-922086-03-8

10-FAMILLE ET CIE ou Le pouvoir d'une femme de Lucien Gagnon, 1997, collection VIVRE pour tous, 279 p., 18,95 $.
ISBN 2-9802131-8-7

11-LE CHARIOT DE L'ESPOIR d'Eugénie Saint-Pierre, collection ROMAN pour tous, 1997, 205 p., 16,95 $.
ISBN 2-922086-02-X

12-ÉCRITS DES TROIS PIGNONS de Louis-Paul Béguin, collection ESSAI pour tous, 1997, 271 p., 17,95 $.
ISBN 2-922086-00-3

13-LA PATIENCE D'ÊTRE de Madeleine Vaillancourt, collection ROMAN pour tous, 1997, 127 p., 13,95 $.
ISBN 2-922086-01-1

14-MOI, J'AI LE CŒUR BLANC de Pierre Saint-Sauveur, collection ROMAN pour tous, 1998, 171 p., 17,95 $.
ISBN 2-922086-04-6

15-LA BIBLE DU PÊCHEUR de Yvan Leblanc, collection PÊCHE pour tous, 1998, 148 p., 14,95 $, mini format pratique.
ISBN 2-9802131-9-5

16-CLARA DES ÉTOILES du Mouvement parlons mieux, collection POÉSIE pour tous, 1998, 104 p., 9,95 $.
ISBN 2-922086-06-2

17-BERTRAND LE MÉNESTREL de Colette Béguin, collection JEUNESSE pour tous, 1998, 142 p., 12,95 $, 40FF.
ISBN 2-922086-07-0

18-LE PLEIN POUVOIR DES MOTS de Shelle Rose Charvet, collection SUCCÈS pour tous, 1999, 276 p., 24,95 $.
ISBN 2-922086-05-4

19-TI-GARS TOUGAS de Pierre Tapin, collection ROMAN pour tous, 1999, 556 p., 27,95 $.
ISBN 2-922086-09-7

20-VAGABONDAGE du Mouvement parlons mieux, collection POÉSIE pour tous, 1999, 104 p., 12 $.
ISBN 2-922086-08-9

21-LE MAGICIEN DE LA COULEUR TIRE SA RÉVÉRENCE de Fernande Craig, collection VIVRE pour tous, 2000, 238 p., 18,95 $. **ISBN 2-922086-12-7**

22-LE SECRET DU BONHEUR *récits vécus* de François Marquis, collection JEUNESSE pour tous, 2000, 56 p., 15 $.
ISBN 2-922086-13-5

23-TOI, MON BEAU RÊVE tome deux de François Marquis, collection POÉSIE pour tous, 2000, 52 p., 10 $.
ISBN 2-922086-11-9

24-PORTES OUVERTES de Pierre Tapin, collection ROMAN pour tous, 2000, 354 p., 23,95 $.
ISBN 2-922086-15-1

25-POUR LA PLUPART D'ENTRE NOUS, LA NATURE DEMEURE INVISIBLE de Claire Payment, collection ESSAI pour tous, 2000, 102 p., 18,95 $.
ISBN 2-922086-16-X

26-BONJOUR LES MOTS du Mouvement parlons mieux, collection POÉSIE pour tous, 2000, 115 p., 12 $.
ISBN 2-922086-18-6

27-DÉLIVRANCE de Jacqueline Bellehumeur,collection POÉSIE pour tous, 2001, 77 p., 13,95 $.
ISBN 2-922086-20-8

28-LES LARMES DU SILENCE de Dolores Lévesque, collection ROMAN VÉRITÉ pour tous, 2001, 189 p., 17,95 $.
ISBN 2-922086-19-4

29-BABOUCHKA de Nadia Erchov-Skrzetuska, collection ROMAN VÉRITÉ pour tous, 2001, 187 p., 19,95 $.
ISBN 2-922086-08-9

30-CHAMBORD BOUCANE de Pierre Ozias Gagnon, collection ROMAN pour tous, 2001, 144 p., 15,95 $.
ISBN 2-922086-10-0

31-LE BAL DES FLEURS du Mouvement parlons mieux, collection POÉSIE pour tous, 2001, 119 p., 12 $
ISBN 2-922086-18-6

32-LA ROUTE DU BONHEUR du Mouvement parlons mieux, collection POÉSIE pour tous, 2002, 128 p., 12 $.
ISBN 2-922086-25-9

33-PIQUE, CÉLESTIN, PIQUE! d'André Dufour dans la collection ROMAN pour tous, 2002, 130 p., 15 $.
ISBN 2-922086-24-0

34-TOUSSAINT LOUVERTURE ET L'INDÉPENDANCE D'HAÏTI d'Ogé Jean-Louis dans la collection ESSAI pour tous, 2002, 164 p.
ISBN 2-922086-26-7

35-LE VIEUX tome 1 de Guy Dubé dans la collection ROMAN pour tous, 2003, 186 p., 18 $
ISBN 2-922086-27-5

36-L'ÉTAU, de Michel Harvey dans la collection ANTICIPATION pour tous, 2003, 162 p., 18 $
ISBN 2-922086-28-3

À PARAÎTRE

37-LE CHÂTEAU AUX CYPRÈS de Andy Weller Jocelyn, collection ROMAN pour tous, 2003, 616 p., 29,99 $. Comprend un disque compact.
ISBN 2-922086-21-6

38-BROSSARDISES de Pierre Ozias Gagnon, collection POÉSIE pour tous, 2003, 160 p., 15 $.
ISBN 2-922086-14-3

39-COMMENT CHOISIR UN ENTREPRENEUR EN RÉNOVATION? de Réjean Talbot et France Turcotte, collection GUIDE PRATIQUE pour tous, 2003, 40 p. 9,95 $. Édition toute en couleurs.
ISBN 2-922086-23-2